현실 과외

황금알 시인선 300

현실 과외

초판발행일 | 2024년 10월 31일

지은이 | 강방영
펴낸곳 | 도서출판 황금알
펴낸이 | 金永馥
주간 | 김영탁
편집실장 | 조경숙
표지디자인 | 칼라박스
주소 | 03088 서울시 종로구 이화장2길 29-3, 104호(동숭동)
전화 | 02)2275-9171
팩스 | 02)2275-9172
이메일 | tibet21@hanmail.net
홈페이지 | http://goldegg21.com
출판등록 | 2003년 03월 26일(제300-2003-230호)

*이 책 내용의 전부 또는 일부를 재사용하려면 반드시 저작권자와 황금알
  양측의 서면 동의를 받아야 합니다.
*잘못된 책은 바꾸어 드립니다.
*저자와 협의하여 인지를 붙이지 않습니다.
*이 책은 제주특별자치도와 제주문화예술재단의 2024년 제주문화예술재단
  지원사업 후원을 받아 발간되었습니다.

현실 과외

강방영 시집

황금알

안개마을과 어머님의 마당

　고향은 안개와 나무들의 마을이었다. 해묵은 나무들 사이로 안개가 내려앉고, 그 틈새에 사람들과 초가가 있었다. 형제였던 할아버지들의 자손이 세대를 거치며 조금씩 늘어나, 제삿밥을 나누고 명절날도 집마다 돌았다. 대부분 식구는 적고 아주 외로운 집도 있었다. 딸 하나 데리고 사는 과부나 젊은 시절 작은 부인에게 밀려난 할머니, 풍파 후에 자신도 남편 없는 늙은이가 된 그 작은 부인, 그들의 오두막이 나란히 있었다. 귀뚜라미들이 까만 눈으로 올려다보는 축축한 부엌 흙바닥, 모두 보리밥을 먹는데 부모가 일부러 논을 사서 쌀밥을 먹였던 동백나무 아래 집 늦둥이 외아들만 예외였다.

　쉬쉬하는 안개의 이야기도 켜켜이 내려앉아 있었다. 동네 가운데 길옆에 사는 부부는 4 · 3 때 당한 고문으로 정신이 어정쩡해졌다. 4 · 3 당시 성담 쌓고 죽창 들고 마을을 지킬 때, 우리 할아버지는 총신으로 가슴을 두들겨 맞아 그 후유증으로 일찍 돌아가셨다. 골목 안 집 할머니 등물할 때 보이는 깊은 흉터들은 식량을 내놓으라고 밤중에 달려든 폭도들이 칼로 긁어서 그렇다. 들판에서 소를 훔쳐 잡아먹으며 숨어 살던 총각은 어느 날 홀어머니를 찾아와 다투다가 어머니를 죽게 했다. 주말마다 시아버지가 도시에 사는 아들의 며느리만 불러서 일을 시켰는데, 그 며느리는 농약 먹고 죽었다. 장모에게 소를 팔라고 해서 돈을 치른 사위가 이르기를 베개 밑에 돈을 놓아서 베고 그 옆에 큰 나대를 두고 주무시라고, 시킨 대로 했던 그 날 저녁 집에 도둑이 침입하고, 놀란 장모가 나대를 휘둘러 쫓아낸 후 딸네 집으로 달려갔는데, 그 밤중에 불이 켜져 있고 손 다친 사위에게 딸이 약을 발라주고 있어서, 그대로 발길 돌려서 집에 왔다. 어떤 사람은 며칠이나 안 보이는 이웃 할머니 행방이 궁금해서 물어보러 그 아들 집에 갔다가 오려는데, 잿막에 모아둔 잿더미 가운데로 흰 옷고름이 살짝 보였다.

그러나 아이들은 어머니의 마당에서 언제나 충만한 밤과 아늑한 낮을 살았다. 지붕은 어두운 산에 안겨서 바닷물처럼 깊은 잠속에 잠겼으며, 들에 나는 산새들처럼 아이들은 햇살과 바람 속에서 놀았다. 하늘에서 시간을 재는 푸른 별들과 가끔 짖는 검둥개가 그들의 수호신이었다. 지네 잡으러 달래 캐러 고사리 꺾으러 산으로 들로 달리던 아이들, 그중에 몇은 마을을 감아 흐르는 내에 물귀신이 홀려서 가버렸다.

며칠을 앓았던 어느 새벽 어머니 옆에서 반쯤 깨어 꿈결인 듯 들었던 노래, 여러 목소리가 어우러진 그 노래는 멀어지다가 사라졌다. 그 슬프고 간절한 가락이 너무나 궁금하였으나 어머니는 더 자라고 할 뿐 답을 주지 않으셨다. 자라서 생각해 보니 상여를 옮기던 사람들의 노래였던 것 같았다. 마을 뒷동산에 상엿집이 있고 그 옆에는 알록달록 헝겊 조각을 달고 당나무도 서 있었다. 거기 딸기가 아무리 탐스럽게 붉어도 아이들은 다가가서 따는 법이 없었다. 무엇인가 신비하고 무섭고 섬뜩한 기운이 도사리고 있는 듯 오싹하여 멀찌감치 돌아서 지나갔다.

옛날 사람도 이야기도 다 사라진 지금, 허물어진 오두막과 베어진 나무들로 풍경도 길도 없어져서 갈 수 없는 곳, 이 세상에서 사라진 그 마을은 하늘 속에 구름숲이나 호수 옆으로 옮겨갔을지 모른다. 안개마을 밖은 죽음이 자주 삶을 후려치는 세상이다. 세상일은 더 빠른 물살로 바위에 부딪히며 급하게 흐르고, 그 물가에 비켜서서 생명의 나무에 잎이 갈리고 꽃이 피는 소리에 귀를 기울이기는 어렵다. 그래도 온 우주를 다 가진 듯 어린 아이들은 충만하여서 노래 부르며 새롭게 삶을 씻는다. 예기치 않은 순간 찾아와 밀물처럼 범람하는 작별의 아픔, 칼을 갈며 우는 바람과, 가혹한 어둠에 허황된 조명만 비추는 도시, 그 속에서도 생명은 길을 찾아 나간다.

한때 물러갔던 바다는 죽음으로 되돌아오고, 해안선을 가득 채우는 어둠이 오면 안타까운 작별을 받아들여 보내고 돌아서는 법을 배워야만 한다. 안개 속에는 몇천 년 전부터 아이들이 숨죽여 울었고, 묻힌 뼈들이 신음하는 어둠은 그 무엇으로도 밝아지지 않는다. 천 개의 만개의 바다 문을 열어 흰 갈기 나부끼는 말들을 불러내는 바람처럼, 발을 구르고 하늘을 찢으며 홀로 외치는 고통의 질주 속에서도, 슬픔으로 비 내리는 회색인 날에도 어른이 된 아이는 다시 아이를 데리고 어린 시절을 찾아 간다. 어디에 둥지를 틀었든 집을 찾아 날아야 한다. 흐 려진 마음이 문 닫고 쓰러져 캄캄한 잠을 청할 때도 어 디에서인지 일어나라는 속삭임이 들려온다.

나의 삶에 연결된 사람들 중에는 불이 되어 삶을 고통 으로 달구거나, 돌 같은 가슴과 절벽 같은 완강함으로 뻗어 나가려는 나의 의지를 저지하는 벽 같은 역할도 한 다. 절망의 바다로 떨어지는 일도 있지만 반대로 자라나 는 기쁨도 만난다. 이승에서도 저승에서도 나를 기다려 줄 것 같은 사람들은 다시 만나기를 갈망하게 한다. 멀 고도 추운 땅, 바람 쓸쓸한 가시덤불 위에 얇은 햇살 구 슬프고, 지저귀는 새 한 마리 없이 바닷소리도 없이 바 위들이 영생을 되풀이하는 땅, 그곳을 지나고 나면 달빛 푸른 곳 하얀 길 위에 아이들이 놀고, 다시 갈 수 없던 끊어진 길 너머에 다다를 날이 올 것만 같다. 한순간 드 러나는 신비한 빛처럼 어느 계곡에서 건너오며 부르는 소리처럼, 돌아가고 다시 돌아가는 꿈속의 마을 그 길에 집들, 어두운 밤도 아니고 환한 대낮 또한 아닌 어떤 시 간에 드디어 마중 나올 사람들, 그들과 함께 부르는 노 랫가락과 웃음소리로, 울려 퍼지는 햇살 속으로 들어서 는 날, 나의 시는 그날을 향해 나가는 춤이며 혼자 부르 는 노래이다. 되찾은 안개 마을에는 다시 까마귀와 말똥 가리와 꿩과 참새와 오소리와 개와 돼지와 닭들과 뱀과 쥐와 고양이와 삶이 달빛 속에 그림자로 스며들어 사람 들과 어울려 함께 놀 것이다.

2024년 여름 강방영

차 례

1부 호수

2부 꽃다발과 달

3부 귀곡잔도

4부 노인과 지나가는 것들

1부

호수

나의 시는

천지연 검은 돌 계곡에
자라는 나무

새봄이면 도로 젊어져
주저 없이 부서지는 폭포

철쭉 막바지 보라색 꽃빛을 따라
한라산과 하늘로 파랗게 안겨 가고

자유로운 구름 따라 떠다녀
안으면 언제나

가슴 가득 넘치는
하늘 물결

마음에서 뽑아내는 실

영롱하면서도 투명하고
구불구불 따스하나
손을 뻗어 잡을 수는 없고
눈물처럼 촉촉하나
오로지 스며들 뿐
젖은 흔적도 없는
마음에서 뽑아내는 실
노래여!

꽃구름

벗나무들 꽃 피워 올려
도시 거리를 덮는 연분홍
덩어리 구름

며칠 동안 도시는 꽃물 들어 연해지고
바람이 밀면서 꽃구름 흩어지면
넘치는 환희로 날아가는 꽃잎들

꿈속처럼 온천지를 축복한 후
땅 위에 내려앉아 차분히
생각 속으로 들어간다

호수

당신 계시던 자리에
호수가 일렁였다

그리움이 거기 햇살로 내리고
바람도 이런저런 말을 하다가

화려한 노을도 이윽고
어둠으로 물러앉아 허전한 날

밤으로 온 당신은 연주했다
점점 넓어지는 그 호수를

파도

끊임없이 달려오며
부르는 저 목소리
잘 몰라도 누구인지 알 듯
밀려오다가 물러가고 다시
또 오는 끝없는 사랑이지

꿈결 바다

만 깊숙이 들어온 파도
부드럽게 돌들을 쓰다듬는 물

만남이 즐거운지 쉴 새 없이 와서
이어가는 물과의 대화

저편 절벽에 파도는 기둥으로 솟구쳐
한 다발 꽃처럼 하얗게 하늘로 날아오른다

어떤 기억은

꽃처럼 강렬하여
향기까지 나는 듯

유월 맑은 하늘 위로
떠오르는 붉은 장미처럼

살아나는 지난날의 풍경
산들바람으로 일렁이는 감미로움

기억의 문

이국의 도시에서
낯설어 뒤척이는 잠
새벽에 문득 들려오는 새소리
고향 집 나무에서 지저귀던
그 새 소리와 똑같아
갑자기 현실은 꿈의 경계로 이동하는 듯

활짝 열리는 기억의 문
다정함이 강물로 밀려오고
멀리 펼쳐지는 넓은 들
저절로 걸어 들어서는 마음

노래는 1

노래는
바다에 도달할 때까지 흘러
멈추지 않고 솟아 흐르는 용천수

살아있어서 맞이하는 날이며
내일과 함께 다시 돌아오는 빛

당신과 내가 가는 길과
때로는 들과 바다

또는 바람 속에 꽃과 새

노래는 2

지상의 작은 노래들은 모두
하늘로 오르는 숱한 숨결

바다에 내리면서
대양으로 흡수되는 빗방울

심해의 어둠 속으로 들어가
소멸되는 빛

바람과 꽃

센 바람에 구름 많이 피어난 날
지상에는 제 열정에 못 이겨 부서지는 꽃들
날아보자고 외치며 바람을 탄다

눈송이같이 꽃잎들 다 함께 날아가는 하늘
마음도 따라서 나부끼며 땅의 경계 너머
끝없는 그리움의 나라로 가는데

부서진들 어떠하랴 떨어져 끝이 난들 어떠랴
일단 날아보자 지금 사라지는 이 봄에
따라가 보자 어디로 가나 저 숱한 꽃잎들

막연하여 그저 뒤에 남지 말고
날아보자 마음아 떠올라서
진정으로 날아보자 모든 일은 두고

젊음

새로 온 초록이 풀 물결을 일으킬 때
그 윤기에 우리 젊음도 다시 빛나고

새들이 날며 하늘에 무늬를 그릴 때
뒤따르며 우리 그리움도 파동 치니

다시 찾아오는 청춘의 순간
땅을 박차고 떠오르는 즐거움이여

벚꽃 벤치

날마다 사람들이 와서 앉고
가끔 직박구리도 내려서 쉬는 공원에 벤치

무수히 떨어진 벚꽃 연분홍이 가득 덮은 날
멀리 간 사람들 기억도 내리면서

돌아올 일 없는 그들의 다정함이
소리 없는 꽃잎들과 함께 자리를 덮는다

유채꽃 무리

구름 많은 날들 오래 잠을 자다가
들 바람 일며 깨우는 이른 봄의 훈기에
드디어 준비를 마치고 피어나

떠나자고 부추기는 바람에 흔들리면서
땅과 하늘의 경계를 그리며 머물다가
순식간에 다 사라지는 노란 삶의 조각들

그러나 짧은 몇날 사이에 붙들어놓는 것은
더듬어 찾아낸 묵은 기억들과
다시 올 날들을 담아서 서로 이어 놓는 일

오래 이어질 또 하나의 길을 다시 마련하면서
꽃이 핀다 초록 밭 노랗게 밝히며
지기 위해서 봄꽃은 피어난다

장마 날 밤에 달

장마 하늘 잠깐 개면서 나타난
엊그제 보름 지난 둥그런 달
그 빛에 깨어서 달을 본다

한밤중과 새벽 사이
날은 아직 밝지 않아
세상은 고요 속에 머물고

근심인 듯 슬픔인 듯 다가오는 안개구름
그 너머에서 다정하게 내려다보는 달
홀로 깨어 생각에 잠긴 하늘에 얼굴

꿈에 밤 운전

어두운 길 차 몰아가는데 앞이 안 보여
어느 사이에 중앙선 넘어 맞은편 나무 밑이라
차를 멈추고 보니 켜지지 않은 전조등

길모퉁이 어느 지점에서 기다리고 있을 어린 딸
그 옆에는 실어야 할 짐도 있는데
그리로 가는 길을 어째서 알지 못하나

지나쳐 왔나 오던 길 멀리에서 우회해야 했나
아니면 지금 더 나가야 하나
알 수 없어 망연자실

되돌아갈까 나갈까 갈피갈피 기억을 되짚어도
판단이 서지 않아 가슴 조이는 어둠 속
문득 드는 자각 이것은 꿈속이다

한없는 미망 속에 빠져들며
스스로 고통을 자아내어 거미줄처럼 펼치는
의미 없는 현실과 꼭 닮은 꿈이다

바람의 채찍질

큰 바위처럼 높고 완강한 도시의 시멘트 덩어리들
표면을 깎아내듯 밀며 가는 센 바람

나무들은 탄력 있게 휘어지며 바람의 길을 내고
빠르게 일렁이는 가지들 초록 물결

회오리로 채찍질하며 질주하는 바람에
온 천지가 펄럭이는 밖의 세상

안에는 휘몰아치는 너의 부재가 일으키는 폭풍
믿음의 뿌리가 얼마나 굳은지 시험당하는 밤

사랑의 오류

변덕스럽게 이리저리 뛰는 마음
사랑이 가는 길에서 빠지는 옆길은
약간의 놀이에 장난을 더하다 욕심이 늘어
갑작스레 더 큰 만족에의 욕구로 사랑을
동물 조련사처럼 가차 없이 몰아세운다

더 많은 채찍질로
더 좁은 우리에 가두려 드니
압박에 숨 막힌 사랑은
다치고 부서지다가 드디어 무릎 꿇고
항복과 동시에 파멸하고 만다

무화과

초록빛 열매 작은 알들은
넓은 잎 사이에서 초롱초롱
무심히 바라보는 아이 얼굴

붉게 물들며 볼이 차오르면
서서히 자라난 호기심에
마주 보며 서로를 살피고

드디어 단물 가득차서 가늘게 입을 열면
부드럽게 혀에 감기는 실타래 꿀의 꽃술들
친밀함이 농익어 서로 찾는 입술들

그 찰나의 시간을 놓치면
무겁게 처지는 열매 얻지 못한 사랑에
시큼하게 떨어져 흙에 스민다

비행기에서

강가에 모여 있는 수많은 조약돌처럼
먼 아래에 지나가는 도시의 집들
푸른 산을 도는 강물과 길이 경계를 긋고
나의 오늘도 하늘에 그림을 그리는데
흔적 없이 아득히 허공으로 사라지니
또 다른 도시가 나를 삼키려 기다린다

혼잣말

복잡해지지 말자
심각한 듯 깊이 생각도 말고
그냥 해가 비치면 빛 속으로 나가고
밤 오면 어둠에 젖어
그렇게 있는 거야
그러다가 때가 올 것이니
초조할 것도 없지
뭐 별다른 수가 있나

싱잉볼

물건들도
그 내면에 간직한 소리가 있고
하고 싶은 말이 있는지

낮게 또 높고 가늘게
천상으로 올리는 진동

집중하는 마음도
함께 가볍게 데리고
둥둥 떠오르는 소리

너의 연주

어린 새가 깃털 자라기를 기다리며
솜털 날개를 파닥거리다가
어느 날 둥지 밖으로 날아가듯

자유로운 노래를 위해
바이올린을 안고 보냈던 날들
드디어 날개를 얻었으니
하늘에 그림을 그리는 선율

날아가는 너의 새

외로운 고용

대리 남편이 나타난다

정해진 시간에 와 꽃다발을 건네주고

행사장의 이모저모 사진을 찍어준다

혼자 식사하지 않도록 식당에도 함께 간다

고용된 역할이 끝나면 손 흔들며 사라진다

저녁

내일이 밝기까지는
이 어둠 안에 있어야 한다

해가 없는 시간
네가 없는 어둠

빛을 잃은 바다의 웅얼거림 속에
검게 식은 구름들 아래

하늘에 돋아나는 별들은
낯선 길을 가리키고

실현성 없는 희망처럼
멀리 잠겨버리는 너

그래도 숨을 쉬며 나는
내일로 걸어가리라

살아간다

살아있다는 것은
살아간다는 것
떠나서 다시는 오지 않는다는 뜻
날마다 묵은 나를 차례로 보내고
다시 만날 수 없는 곳으로
사람들을 보내고

날도 가고 사람들도 가서
아무도 없는 썰물의 해안에
낯선 또 다른 내가 닿아서
홀로 밀물을 기다리게 되는 것

우아한 유령

유리창에 무늬를 그려놓는 성애
얼음의 섬세한 잔가지가 긁는 소리

돌아가신 아버지를 불러내는 아들
춤을 추며 음악을 타고 와서

유쾌하게 움직이는 유령
다정하고도 경쾌한 만남이 이뤄지고

흐리고 작은 비 내리던 그 길

새로 뚫은 길 막 완성되었으나 개통은 아직 안 되어
멀리 다른 동네를 향해 조용히 누워있는 길
슬며시 들어가 높직한 동산에 차를 세우고
아래에서 반짝이는 마을 불빛을 보는데
텅 빈 넓은 길 사방을 둘러싸는 작은 비 소리
꿈꾸듯이 조용히 누워있는 길

그만 나와서 자동차들 줄지어 달리는 길로 들어서니
두 길의 차이는 꿈과 현실의 거리 같아
용기 내어 들어서야 하는 복잡하고 빠른 삶
분주한 현실은 고요를 허락하지 않으니

내일이면 고요하던 새 길도 열려서
달리는 자동차의 물결 분주히 흐르리라
현실세계로 들어오면서 고요하던 꿈의 길은
다시는 발 닿지 않는 곳으로 물러가 버리겠지
그래도 고요 속 꿈은 사라지지 말았으면
팔 뻗어 손을 잡으면 온기와 마음이 흐르는
어둠 속 따뜻한 손처럼 항상 꿈의 길은 남아있었으면

책의 벽
— 시바 료타로 문학관에서

자동차와 자전거가 지나다니지만
한적함을 지키는 조용한 동네
작가가 살던 집 대문 안
마당에는 오래된 나무들
비 오는 이월의 늦은 아침
유채꽃으로 꾸민 울타리를 둥글게 돌아
침묵 깊은 기념관 건물 안으로 들어가면
거대한 높이로 서 있는 책들의 벽
위에서 내려다보면 아득히 깊은 우물 같고
아래에서 올려다보면 높은 절벽 같은 벽

꿀이 저장된 벌집처럼
수많은 책들이 벽의 칸마다 안치되어
다양한 생각들 담은 뇌 속의 세포들인 듯
떠나간 작가가 남긴 기록과 사실과 꿈과 실체
책들은 수많은 단어와 키 워드
주제를 나타내는 제목들로
각기 다른 글자 형태에 다른 표지 색깔들
저마다 다른 세계와 이야기들을 품고 있는데

무엇을 말하는지 해독 못 하는 이국의 문자들
작가의 뇌 속에 붕붕 날던 생각의 벌떼들이
조용히 날개 접고 앉은 듯
이제는 침묵의 언어로 서로 의미를 교류하는 듯
떠나간 작가의 봉해진 뇌처럼
벽은 말없이 높이 사라진 언어
해묵은 의미를 저장하고 있다

눈 내리는 날

기억 속인가 마음 어느 한 자락엔가
흰 눈 흩날리는 날을 건너서 가면
아득한 곳 호젓한 길에 작은 집
내 사랑이 붉은 동백으로 핀 마당
꽃송이마다 흰 눈은 내려앉고
닿지 않는 그 거리만큼 외로움 넓어서
가지 못하는 곳을 바라보는 적막감

슬픔인가 밀물처럼 밀려오는 것은
속절없는 낮 바람이 불고
드디어 어둠이 내려 덮는다

2부

꽃다발과 달

새벽어둠

어둑한 새벽하늘을 이동하는 새들
힘차게 젓는 날개로 시작되는 하루

중환자실에는 톱으로 쪼개고 다시 붙인 몸들
기계와 연결되어 고통의 높낮이를 전달하는
암호 같이 반짝거리는 부호들

접근 불가의 거리 너머에서는
흔들리는 시간의 외줄을 타면서
한 발이라도 내디뎌 보려는 몸부림

눈부시게 날은 밝아오는데
어둠 속으로 떨어지지 않으려고 필사적인
한 번 더 날아보려는 꺾인 날개들

너의 부재

장시간 왈가왈부 회의 마치고
식당에 모여 먹고 마시는 사람들
그 틈에서 마음은 텅 비고

공허한 무엇인가가 한 겹
무감각으로 주변을 감싸는 듯
얼굴들 말소리는 멀어지고

중환자실에 누운 너는
왜 말도 못 하는 것이냐
지금 옆에 없는 것이 정말 이상하다

탓할 그 누구도 원망할 이유도 없는데
속이 아프다
아프다는 말도 못 하면서

일어나서 오라 이 공허를 제치고
세상을 꽉 채워라
태양 빛 같은 너의 존재로

고통이 지나가면

고통이 지나가면
지친 몸 다친 마음은
센 바람에 시달린 나무 같아
주변에 널린 부러진 가지
처참히 찢어진 잎들

나무는 봄과 여름을 맞으며
무성하게 다시 가지를 뻗겠지만
봄이 와도 여름이 와도
새로 꽃을 피우지 못하는
활기 잃은 마음

센 바람에 쓸려서 가듯
고통에 스러진 것들
되찾을 수 없는 어떤 의미는
다시는 피지 않고 사라지는 꽃들

봄비

내리는 비의 노래
쓸쓸한 여운이 조금 서글퍼도
그 안에는 한 가닥
위안의 가락은 있어

지나간 동경과 마음에 솟던 즐거움도
비 오는 봄날 함께 와서 내리고
지나간 사랑도 묻어나니

가슴 속에 여린 선을 그으는 비
먼 곳으로 오늘을 데리고 가려고
닿을 수 없는 그곳으로 가자고
온 마음 적시며 비가 오네

비의 장막

바람을 품고
파도를 몰면서 오는 빗줄기들
사방에 기둥으로 둘러서서
장막을 쳐 세상을 멀리 밀어내고

수많은 회의와 트집 많은 말들
지루한 교육 프로그램
다가오지 못하게 막으면서

오직 한가한 마음만 남기니
비가 만드는 고요의 집

비 오는 날

지붕을 두드리며 내리는 비
지금 저 소리를 전할 수 있을까
그가 있는 나라에도 비는 올까

기다림만 계속되는 그곳에는
물과 불이 함께 바람결에 일어나다가
이내 스러지고 긴 침묵만 이어지는지도

남은 기억 희미해지면서
시드는 꽃처럼 우리 존재는 지워지고
세상과 사람들은 더 멀리 흘러가겠지

멀구슬나무 꽃

멀구슬나무 꽃피면
쏴아아 밀려오는 보랏빛 바람

시골 고향 마을이 두둥실 떠오르고
삼촌들 아주머니들 두런두런 들려오는 말소리

할아버지 아버지 어머니의 나무
날리는 꽃가지 아래에 종일 노는 아이들

먼나무 멋

햇살을 모아 빚는 작은 구슬들
알알이 붉게 구워내어
초록 잎사귀로 받쳐 든 먼나무
화려한 꽃다발로 서니
새들이 날아오고
노래를 부르며 구름도 머물고
푸른 하늘 아래 화려한 붉은 구슬 먼나무

가장 밤이 긴 오늘 동짓날도
빨강과 초록 찬란한 빛으로 서 있는
먼나무 멋 나무여

이호 바다의 저녁

마지막 남은 몇 분은 떠나가는 외로움을 달래는 듯
해는 바다 너머로 갈앉으며 붉은 여운을 하늘에 풀고
번져오는 검은 밤에게 자리를 내어주네

숱한 가슴에 보이지 않는 눈물을 대신하는 듯
부두 위로 열 지어 떠오르며 하늘에 하얗게 맺히는 등
불들
빨간 등대와 하얀 등대가 위안처럼 연주를 시작하니
반복되는 빨강과 초록 색깔의 리듬

모래 위에서 바다를 서성이던 사람들 하나둘 돌아가
남은 발자국도 바람에 밀리고 어둠에 덮이니
불 밝혀 하늘을 건너는 마지막 비행기

그러나 소리 없이 아무도 모르게
또 하루치 봄은 익어서
차례로 다가올 계절들은 바다 밑에서 자라는 중

아직 오지 않은 날들은

새로 오는 하루 또 하루는
먼 지평에서 하나씩 움터서
차례로 피어나는 꽃
사랑과 기쁨을 이슬로 머금고
그 향기와 빛깔은
고통이나 이별과 죽음

또한 아직 남은 날들은
다 하지 않는 희망
새 삶을 기다리는 영원

유유히 살고자

소리 없이 아침 하늘을 날아
숲을 가로지르는 검은 까마귀
저렇게 가볍게 날고 싶었던가
육신의 자유를 막걸리에서 찾고
소주 마시며 그림에 몰두하던 화가는

까마귀는 가볍게 날아가는데
이 봄날 아침 그는 이승에 없고
새 소리 가득한 숲에는 새날이 와서
그가 그리던 하늘 멀리 빛이 퍼져나간다

옛날 사진

기억의 그림들
아득한 시간 저편에서 담아
보관된 찰나

얼마나 대견한지
시간을 저장하고 표정을 붙들어
흩어지지 않도록 잡고 있으니

흘러가는 강
그 물 한 방울에 눈물 섞어서
빚어낸 구슬 알 같아

잠속 나라

고단하여 잠든 사람은
얕게 코를 골다가
무슨 꿈을 꾸는지 급박하게
몇 마디 뱉어놓기도 하는데

닿을 수 없는 그 잠 속 세상이
아무리 분주하게 돌아간다 해도
잠이 가로막아서 들여다볼 수 없고
바로 옆에 있어도 건너갈 길이 없으니
닿을 수 없는 먼 곳
저승과 좀 더 가까운 나라

함께 보았던 그 달

한겨울 새벽 아직 밝지 않아 어두운데
병원으로 가는 택시 안에서 문득 눈에 들어온 것은
강변의 하늘에 환한 둥근달
지상 가까이에 내려서 해처럼 크던 달
함께 보면서 잠깐 즐거워졌던 그 달
기억 속 풍경은 다시 오지 않으니
이제는 마지막
눈물 솟게 하는 그 달

입원실을 나오며

병원에 너를 맡기고 나오려니
마음은 빈집
기다림의 길을 혼자 걷는다

밖에 세상은 너의 부재로
모든 흐름이 범람하는 정적

회복하여 나올 때 기쁨은 아직 닿지 않고

함께 갔던 길 되돌아오려니
밝은 낮은 가고 저무는 날
눈 날리고 바람 일어서서

날아오른 비행기들 내리는
저녁 공항 불빛 속에서
세상은 너무나 쓸쓸하다

연륜

몇 번의 추위와 첫눈이 오고 갔던가
머리카락에 흡수된 흰 눈빛

이마 위에 가느다란 선으로 진로를 그리며
불어간 봄 가을바람과 여름 신선한 나무바람

동백 매화 벚꽃 유채꽃 명자꽃 수국 덩어리 가을 국화
부서져 내린 사철 꽃
잎사귀와 향기는 미세한 주름에 스며들고

대기를 울려서 퍼져간 그 많은 말소리와 웃음은
떠나면서 마음에 밝고 어두운 그림자들 남기고

얼굴과 몸에 지나간 작별과 그리움의 흔적은
아직도 하늘 아래서 땅 위로 이어지는데

모두 받아 안으며 차례로
새날들이 오고 또 가네

하늘로 날리는 노래

맑은 아침 도시 고층 건물 옥상에서
구르듯이 영롱하게 하늘로 번지는 소리
파란 몸 바다직박구리
그 붉은 가슴에서 솟는 노래

해안 절벽 검은 돌밭 해변에서 모은 노래
도시의 가슴에 부어 넣으며
뭉클 순간의 그리움을 일으키고
봄을 보내며 새 여름을 맞는 노래

푸른 바다와 절벽 바람의 노래를
산과 들로 꽃씨처럼 뿌리면서
작은 몸의 전하는 활기는
대대손손 이어지면서

초록 물결 일으키고
노래를 잃어버린 사람들을 깨우고
눈물조차 말라버린 절망도 녹여
물처럼 흘러들어 마음을 살리는 노래

오름에 작은 오름들

가을 맞는 오름에 앉아있는 동그란 옛 무덤들
이들도 작은 오름이 되어 길목을 함께 지킨다
예전에 먼 길을 떠나가다 남은 몇 사람

가끔은 까마귀와 함께 오름 하늘로 날아오르고
또는 바다 건너서 오는 바람도 타면서
오고 가는 겨울과 봄을 전하는 이들

큰 오름 능선에서 둥글고 낮게 하늘로 떠올라서
억새들 흰 나부낌으로 여름새들 지저귐으로
오름의 품에 이야기를 더하는 그들

먼물깍*

이제는 보기 드문 나이 든 멀구슬나무들
아른아른 하늘로 보랏빛 꽃들 날리고
제주 4 · 3 불길에 타면서도 살아남은
'불카분 낭'이 지키는 골목 어귀

선흘초등학교에서 나오는 아이들이
자전거를 타고 물고기처럼 햇살 속을 헤엄치는 길
밀려오는 달콤한 곶자왈 공기

옛날 소 물 먹이던 못에는 음영만 짙게 내리고
나무들 그림자가 무늬를 놓는 숲 사이 길
더 들어가면 하늘 비추는 못 먼물깍

종류도 다양한 물속 생물들이 분주하고
가끔 화려한 물총새도 와서 지켜보다가
날아드는 못물에 잠긴 푸른 하늘

앞으로도 이곳 생명활동은 오래 이어지고
태고의 숨결은 그치지 않을 것이라고

모두가 한 마디로 약속이라도 하는 듯

* 제주 조천읍 선흘리 동백동산 서쪽 입구에 위치한 연못

밤의 여행

저무는 산 아랫마을 등불들 환하게 켜지면서
일어서는 동네 거리들
다시 찾아온 밤을 따라서 나서는 마음
새로 시작되는 여정

해질녘 까마귀 무리 지어 점점이 날아가 내린 곳으로
모여 온 겨울 철새들 고단한 잠 속으로
땅속을 더듬어 바다에 다다르는 용천수처럼
마음은 어둠 사이로 가고

문득 지척에 느껴지는 너
멀리 있어 닿지 않는 너도
밤을 타고 오는 듯
솟아나는 어둠의 샘
새롭게 마음이 가는 밤의 여정

꽃들이 하는 말

밝은 주황빛 나리꽃들이 웃으면서 말하는 듯

'활짝 열었어요, 마음의 문을
어서 걸어 들어오세요
비로 쓸고 물 뿌린 마당처럼'

노을빛 하늘 열고 다가오는 꽃송이들
주위에 아른아른 번지는 물결
소리 없이 마음에 들어오는 은은한 향기

달과 지구

지구가 제 몸 한 조각 떼어내어
옆 하늘에 올려놓은 분신인가
아니면 먼 우주에서 지구로 와
떠나지 않은 손님인가
서로 밀고 당기면서 일정하게
함께 가는 달과 지구

가느다란 달이 반달이 되어
할 말이 많은 듯 마주 보다가
둥글게 환히 동산 위로 솟아 빛나듯
사람들 사이도 그 비슷하여
어디에서 왔는지 서로 몰라도
끌어당기며 함께 가고
점점 자라난 친밀감으로
떨어진 거리를 붙들어
서로의 하늘에 떠오르니
지구와 달을 조금은 닮은 듯

난청

밖은 봄이 흐르는데
입원실 안은 고여 있는 삶
형광등과 떠드는 텔레비전 빛
수액에 담근 시들어가는 꽃들
남은 그 목숨들이 전기 빛을 향하고

어눌한 말소리 얕은 잠
낮은 신음 소리 모두
썰물 같은 밤에 실려 가면
내려지는 정적의 커튼

못 듣는 귀는 홀로 여름 숲
바람과 소나기 지나는 저녁
매미 소리 잇는 여치 소리
온갖 풀벌레 소리에 둘러싸여서

주변을 벗어나 바다에 돌섬처럼
소리 아닌 소리의 바다에
홀로 떠 있다

꽃다발과 달

무대에서 내려온 후 행사장 로비에서
건네받은 한 다발 꽃
얼떨떨하게 받아들었던 밤

아침 거실에 은은한 향기
덜 핀 진분홍 장미 다섯 송이
연분홍 장미도 다섯 송이
안개꽃 무리 옆에 묻혀
양옆에 하나씩 작은 백합
찬찬히 바라보는 듯
망초 닮은 이름 모를 꽃들의 테두리
보랏빛 망사 천이 두르고
연보라 리본으로 묶여있네

장미 향기
더 짙은 백합 향기
어울려 존재를 알리며
보이지 않는 마음을 대신하는 듯

꽃다발 들고 오늘 밤은
창밖에 달을 보며 말하리라
꽃들 속에 숨어있는 얼굴을
곱게 간직해 달라고

달빛 속에 갈대

바람에 달빛을 연주하는 갈대들
먼 하늘 건너편에서 그대도 듣는가
밤이 보내는 이 노래를

'눈물은 모두 강물이 데려가고
흙이 되어 몸이 바람에 날아가는 날
아침 해 비칠 때면
푸른 초목 사이에 먼지의 춤만 남아'

갈대밭 노래에 하늘은 침묵하고
자꾸 새로 탄생해야 사는 법이라고
묵은 풀 사이로 새로 돋는 봄 싹처럼
시드는 비통함 속에서 다시 살라고

환희의 별은 절망 위로 뜨고
죽어가는 것들의 애가로
사랑의 토양은 비옥해진다고
마른 갈대들 달빛을 연주한다

나비의 날

태어나면 죽고 자라나면 또 낳는 이 세상
담백하게 물러서지 못하는 이유는
자꾸만 남는 미련이 있어서

장강처럼 슬픔은 흘러가고
눈 내리는 가슴에 외롭게 날아오른
한 마리 노랑나비

나비의 꿈속은 푸르고 붉은 꽃들의 들판
꽃잎과 향기가 뒤섞인 영롱한 구름
여러 날의 고통을 뚫고 얻은 그 날개

마지막으로 남은 삶을 얹어서
새로운 시작을 남기려고 날아가니
그 하늘은 푸르겠지

태어남과 사멸의 길을 앞장서는 나비
무거운 것들도 사실은 가벼워
기운 잃은 마음도 길을 찾아 날개를 젓는다

너의 시

시 낭송을 듣다가
들리는 문장들 활자로 바꿔보다가
새로 몇 줄 시를 쓴다

네게 이르기 위해
너를 그려보며
깊은 이 밤 닿을 길을 찾아

이렇게 글을 써도 너는 모르고
읽을 일도 없지만
혼자 생각에 집중하여

마음 홀로 떨어져 앉아서
너의 시를 쓴다
어두운 조명 속에서

섬

어둠을 끝내며 올라오는 해
서서히 번지는 붉은 빛
생기로 물드는 하늘과 바다
검은 구름 아래 작은 섬도
해를 맞이하고

무엇이라고 말로 하지는 않아도
날마다 되돌아오는 물결
반복되는 날들의 빛과 어둠
그 속에 서서 기다리는 섬
아득한 그들의 이름은 사랑일지도

날리는 꽃잎

꽃 활짝 피운 벗나무 가지 사이로 웃는 모습
삭발한 너는 낯설어서 소년 같아

머리카락은 어지러운 잡초 같아
잔뿌리 쳐내듯 부산한 생각들 밀어낸 것이냐

봄처럼 멀리
꽃처럼 여리게
너는 서 있구나

꽃잎들 바람에 날리고
눈보라같이 땅을 스치니
네 소식도 묻어서 오려나

다른 길로 들어서 핏줄의 인연도 벗어나
정진의 길 택한 너
그 길 밖에서 바람 소리 듣는 오늘

부서져서 날아가는 꽃들

그 꽃잎들에게도 찾아갈 길은 있어서
인도하는 바람과 함께 가는 것이지

고운 내 사람 멀고 먼 그 절에

붉게 핀 맨드라미 사이로 팔랑이는 네발나비들
꽃 위에서 접었다가 펼치는 표범 무늬 날개
발자취에 탑 아래 개구리들은 물속으로 숨고
방아깨비 잠자리들 풀 이슬에 목 축이는 곳
거기 가장 고운 내 사람 머무니

부처님께 올리는 새벽 물그릇에는 달이 뜨고
눈이 내리면 얼음이 어는 대웅전
예불 소리 울리는 어스름 하늘에
떠오르는 고운 볼 가냘픈 어깨

남편 향한 원망이나 미운 아내 역할
아픈 자식 걱정과 수많은 하소연들은
고운 사람을 지나서 그냥 비켜 흘러라
족두리꽃 향기처럼 그 삶이 다소곳하게

피고 지는 꽃들의 마당에서
과일 씻고 다기 닦고 기도를 올리는 사람
사바세계 대신 죄를 닦아내는 어린 눈동자

누가 훔쳐 간 것도 감춘 것도 아닌데
스스로를 간직하며 가두어 보관한 사람

전국에 혈관처럼 퍼진 도로망으로 흐르는
수많은 차들과 요란한 전투기 소음
조용한 밤이면 묻혀있던 어미 떨어진 송아지 울음소리
논 사이로 밤새 떠가는 시골마을
산과 들 흘러 강물이 지나가는 그곳에
고운 그 사람 아름다운 구름처럼 머문다

기억은 먼 섬

아무리 멀리 떨어져 있어도
아무리 섬이 작아도

넓은 바다는 마음 따라서
한없이 출렁이며 찾아가고

많은 것들을 안고 바람도
제 길을 알아 펄럭이며 나가는데

기억하니 너는 그 작은 섬과
우리가 머물었던 쌀쌀한 초봄 날을

그 철에만 온다는 밤에 우는 오리
소리 들릴까 귀 기울이며 걷던 절벽 길

내려다보던 검은 밤 속에
부서지던 새하얀 파도

이렇게 멀리 와서 우리

안타깝게 서로 볼 수는 없어도

네 마음속 어디에
그때 그 섬을 아직 간직하고 있니

지나가는 순간들이지만

어리석은 줄 모르지 않으나
주체할 수 없는 눈물이 있고

무거운 마음이 향할 곳 모르는
세상 어디에도 위안이 없는 날도 있지만

언제나 지나가는 삶의 순간들
사라지고 저장도 안 되지만

흘러드는 슬픔에 심장이 무겁다고
갈앉을 수 없어 스스로 박수 치며 가네

문 닫힌 카페

정기적으로 날아오던 글과 음악이
뜸해진다 했더니
어느 날 날아온 카페 알림
카페지기 사망으로 문을 닫는다고

동네 김밥집이 없어져도 허전한데
한 사람의 내밀한 마음으로 골라서 보내던
시와 노래가 그치니
그 허허로운 부재

모든 일에는 끝이 오지만
그 때마다 세상은 낯설게 물러앉고
이야기책이 닫히면 들판과 하늘도 사라져
다시는 열리지 않는 잃어버린 세계가 된다

벗에게

우리는 어디로 가는지
알지 못하여도 함께 가자

다다르는 그곳에
혹시 피는 꽃 있다면 같이 보면서

이 세상에서 울다 웃으며 흘러가
우리는 나중에 함께 피는 꽃일지도

눈물이 가고 사랑이 먼저 가 있는 곳에
머지않아 우리도 가겠지

울고 웃으면서 만나 아직은
이 세상에 피는 꽃들을 보러 가자

3부

귀곡잔도

귀곡잔도

바닥이 보이지 않는 높은 낭떠러지
매끈한 절벽 옆구리에 선반을 달듯 붙이며
구불구불 띠처럼 이어 놓은 길

절벽의 흰 가슴을 파고들며
계곡 높이 떠 있는 길
사람들 목숨 떨어뜨리면서 만든 길

순간의 절규는 심연으로 사라졌으나
바람 타고 일어나는 소리의 절벽 길
귀신이 운다는 '귀곡잔도'

죽음처럼 깊은 계곡을 건너가는 인간의 의지
까마득한 아래에 안개로 잠겨 있는 애환은
잔도를 걷는 발길에 바람으로 감기고

수천 년 담고 있는 깊은 계곡
거대한 바위들 우뚝우뚝 세운 푸른 산들
거기 매달리며 인간들은 이야기를 지켜간다

* 귀곡잔도: 중국 장가계 천문산의 명소, 해발 1,400m 지점 절벽에 설치된 귀곡잔도(鬼谷栈道)에는 투명한 통유리 바닥 60m 길이의 유리 잔도가 포함되어 있으며, 귀곡잔도의 총 길이는 1.6km이다.

잔도(栈道)는 중국 산악지대를 통과하는 길로 절벽에 구멍을 낸 후, 거기 받침대를 넣고 받침대 위에 나무판을 놓아 만들었다. 최초의 잔도는 전국 시대(기원전 476년~기원전 221년)에 만들어졌으며, 진이 고촉과 파를 침략하는 데 쓰이기도 했다.

그 절에 연못

스님의 독경 소리는
느릿하니 길게 이어지며
햇살 속에 길을 내고

오늘 하루도 그 길로 들어서니
연못에 생물들은 쉴 새 없이
저마다의 시간을 점으로 찍고

넓은 잎 위에서 향기로운 연꽃은
공기 중에 강렬한 초대장을 보내니
찾아오는 손님들로 분주한 연못 잔치

푸른 잠자리 정찰 비행하듯
기우는 낮을 감으며 도는데
만들어 내는 저마다의 시간이
하늘길로 오른다

삼양 해수욕장 맨발 걷기

맨발로 걷는 바닷가
모래사장에 수많은 발자국
그들 틈에 다시 찍히는 발자국

따스한 피 흐르는 발이
온기 없는 광물질을 만나면서
나누는 독특한 대화

발을 감싸며 달라붙다가 무너지는
섬세한 모래 알갱이들
주변에 흩어지는 느낌과 감촉

물 젖어 단단해진 모래 위에는
가느다란 붓의 필체로 오가는 파도가 그려놓은
깃털 같은 물의 그림 길고

생명이 걸어 다다른 아득한 길
그 끝에 서서 보는 사람의 지금은
기이하면서도 담대하고 아름답다

바다에서

무슨 뜻인가 검은 돌에
물러갔다가 다시 오며
바다가 새기고 또 새기는 말은

주름진 돌들 끊어진 바위에
다양한 형태로 다듬고 파며
이야기는 계속 쓰이는데

절벽에서 부처를 보던 성자는
돌 얼굴과 흐르는 옷 주름 새겨
오래도록 사람들 보라고 남겨두고

신심 깊은 마음은 바다를 보며
물속에 찰랑찰랑 잠기며 누워있는
검은 바위 불상을 가리키지만

절벽을 바라보고
물 위에 떠오르는 돌들을 보며
바닷가 검은 돌 해변에 앉아서

그저 어렴풋한 것은
저 그림이나 말을 끝내 알 수 없는 채
그 속에 머물다가 남겨두고 간다는 사실

경계

꽃 덤불에 모인 새들의 세상
연못에 피어난 연꽃의 세계
날아다니는 푸른 잠자리의 길
햇살을 타고 가는 스님의 독경
그들의 내면은 모두 보이는 듯 보이지 않고
그것은 가로막혀 들어갈 수 없는 세상이며
아무나 받아들이지 않는다

경계에서

건물로 들어온 한 마리 비둘기
갑자기 입구가 숨어버려 끊어진 길
창틀에 앉아 답을 찾는데
계단을 올라오는 발자국 소리
무작정 날아 천정에 부딪치고 떨어지니
벗겨져 날리는 솜털
할딱이는 숨 놀란 눈
공포로 가득한 공간

호기심은 낯선 세계의 문턱으로 이끌고
모험의 예감이 공포와 섞이면서
잠시 안개 같은 망설임
한 번 경계를 넘으면 뒤에서 없어지는 출구
돌아갈 길 사라지니 다른 하늘로 나가야 한다

일상 깊은 바닥에 숨었던 미지의 세상이
한순간 그 얼굴 드러내면
그 심연 속으로 이전의 세계는 영영 사라진다

마감

서둘러 왔는데
도착은 늦었구나
굳게 닫힌 성문

두드려도 대답 없고
소리쳐도 꿈쩍 않는
육중한 문

무표정으로
가로막는
영원의 얼굴

학대받는 아이들

힘없는 무방비에 달려드는 공격
충격의 아픔을 눈물로 씻으며
무거운 설움에 눌려 기력 잃은 너를
세상은 조롱하는구나
차가운 물에 밀어 넣었다가
뜨거운 불 속으로 던지면서

흐느적거리는 너를
끝내 폐기 처리하는구나
외로이 울면서 너는 흰 새 되어
날아가느냐 아름다운 저세상에
다른 삶을 찾아서

이 세상 가득한 악독함이
짓밟아서 도중에 끝나버린 아픈 삶
상처도 슬픔도 다 벗어버리고
너는 홀로 가는구나

묘지에 목소리

시아버지 장례 날
가족묘지 다듬어 놓은 자리에
유골함을 매장하는데

한순간 들리는 쉰 목소리
흙에서 나오는 듯 낮게 읊조리는
"관세음보살 관세음보살"

주변에는 흙 덮는 바쁜 손길 뿐인데
누구 목소리인지 "관세음보살 관세음보살"

정리하는 인부가 시동을 걸던 굴삭기 소리인가
틀어 놓은 녹음기처럼 반복적으로 들렸던 목소리
잠시 후 사라지고
단조로운 기계 소리뿐

쉰 듯 거칠던 그 목소리 다시는 없고
어디에서 왔는지 알 길도 없이
다른 사람 그 누구도 듣지 못했다는

그러나 너무나 또렷하던
그 흙빛 목소리

따라비오름 가는 길에 배롱나무

다시 오는 가을을 따라서 오름 길 나서니
옛날 사람들도 가을을 느끼는지
오름 닮은 무덤들 반가이 마중하고
휘어지는 억새 이름 모를 들꽃에
그리운 음성들이 수런거리며
햇살은 하늘로 마음을 이끈다

그 옛날 달리던
말과 사람과 흰 사슴의 들판
오름마다 들어오고 나가던 바람
몽골인 육지사람 난파당한 먼 이국 사람들
모두 흙에 묻히고 마을에 섞여들고
사방이 열려있는 섬
온몸을 내놓았던 오름의 오늘

눈물 번지고 영롱해지는 하늘
떠난 사람들의 마음 같은 가을 속
구름과 바람이 춤추는 따라비오름 길에
홀로 선 배롱나무가 눈길을 잡는다

'뒤틀린 이 모습 앞과 뒤에서 또 옆으로 사진기를 들이대면서, 몇 년을 살았나, 가지는 왜 동강이 났는지 궁금하고, 밑둥에 갈라진 상처 깊어서 측은하게 여기나요, 유배지였던 섬이 휴양지가 되어 렌터카가 길을 덮고, 서럽던 오름은 구경거리가 되었지만, 처절하던 섬의 역사를 제 몸에서 읽는가요, 닥치던 고난, 홀로 자식들 키워낸 과부와 손자 맡아서 돌보는 노파들, 사랑으로 시작되고 사랑으로 이겨내는 그 고단한 길을 이 몸에서 읽는가요, 돌아보며 이제 가서 다음 계절 어느 날 다시 와도 나는 비틀리고 갈라진 몸으로 여전히 서 있겠지요, 붉은 꽃들도 피우고, 오가는 오름의 바람을 맞고 전송하며 남아있겠지요, 죽으라고 가지를 찢고 뿌리를 짓이겨도 나는 끝내 살아남은 배롱나무랍니다.'

가을 오는 저녁

구월이 간다고
여름이 다 끝난다고
서운하고 애잔한 마음인가
해가 져도 가로등 빛에
노래를 계속하는 매미

뽑아내는 저 소리가
처량하게 들리는 것은
해 지면 지상을 모두 덮는 어둠이
사실은 속 깊은 곳에 울음만 같아서
우는 줄도 모르게 우는 마음만 같아서

별밤의 언덕

멀리 아래로 물러간 도시를 굽어보는 언덕
하늘에는 큰 별 하나 노랗게 밝고
멀고 작은 별들은 푸르게 널려
밀려온 어둠에 고요를 풀면서
손을 흔들던 나무들도 고즈넉이 잠기고

발아래 도시에는 수많은 전등의 별들
검은 길과 앞바다를 밝히고
멀찍이 물러나 바라보는 풍경은
가슴을 가득 채우는 고운 꿈

한없는 시간 속에 앉으면
북극에 물결치는 오로라의 파동과
펭귄들 뛰어드는 얼음바다
밤은 먼 곳으로 항해해 나간다

제천천주교 묘지에

아카시아 꽃향기 짙은 날
아버지 무덤을 만들고,
망초와 달맞이꽃들이 흔들릴 때
그 무덤을 열어서
어머니 관을 들여놓고 다시 닫았다.
들꽃들 크게 대를 세워 일어서고
크고 작은 나비들 다른 색깔로 날았다
배웅은 오직 거기까지만
돌아서서 왔다
부모님 이름 우리들 이름 새겨진 돌만 남기고

그 집 근처

아직 살아 계실까 수선화 할머니
이십여 년 전 아이 보러 우리 집 오시던
수선화 아파트 지나면서 문득 생각난 사람
그 때는 칠십 중반의 얼굴과 음성
시간은 빨리 흘러 긴 세월이 되고

언제나 입 벌린 망각 앞에서
지나가는 동네가 불러올린 얼굴
집만 남고 사람들 사라지다가
집들도 허물어지며 새 길만 남는 세상

세상은 빠르게 어디로 가는지
언제나 저 혼자만 멀리 떠나버리고

삼승할망의 아이들

오래된 생명의 주문을 읊조리는 삼승할망은
드넓은 치마폭에 꽃피는 밤과
춤추는 아이들을 안고 날아서
낭랑한 아이들 웃음소리와
즐거움에 도취된 밤의 자유

달빛 속에 신선한 밤바람은 날개를 달고
대지는 달음박질치며 자꾸 아이들을 불렀다
어제의 아이들 그 옛날의 아이들
모여들어 밀고 끌며
한바탕 벌어지는 놀이
노래하는 동네 마당에
아이들은 밤과 하늘과
함께 놀았다

빈 마당을 남기고
깊숙한 생명의 밤이 떠나간 세월
아이들 없는 할망 마당에 별들은 줄어들고
검은 구름에 덮여 희미해진 달
사라진 아이들과 할망의 노래는
아직도 그 마당에 돌아오지 않는다

꽃잎 위에서 공굴리기
— 제주종합경기장 파크골프장에서

벗나무 숲 아래 인공 잔디 깔아놓은 파크골프장
부서진 벚꽃들이 눈처럼 내리는 날
나무 아래 푸른 풀들도 잎마다 꽃눈 받아서
희끗한 분홍 꽃들로 갑자기 만발한 백화 꽃밭
오목한 돌의 가슴에도 꽃잎이 소복

느린 바람에 날다가 거미줄에 머물며
투명한 공중 그네를 타는 꽃잎들
사방에 꽃잎 무수한 꽃잎 세상
여든 넘은 몸에도 꽃물은 들고
예순의 마음에도 꽃비는 노래하니
세 사람 네 사람 꽃잎 위로 공을 굴리며
밀려오는 행복감에 슬픔의 그림자도 깔면서
욕심내는 마음을 꽃잎으로 달래며 나간다

또 한 해가 가면 어떠하랴
새해에도 피어날 꽃들을 기다려
다시 이 길 위에 공을 굴려 가리라
새로 피는 꽃들처럼 새로 올 날들
살아있는 한 용감하게 나가 그들을 만나리라

집착은 식물성

끈끈하게 붙들리고 마는 집착을
문밖이나 좀 더 멀리 가서 놓고 오리라
떼어내기 힘들면 숲에 가서 나무에 감아두고

설움이나 외로움이나 다 집착에서 나오니
부려놓고 가볍게 길은 바로잡고 답답함은 털고
주변을 정리하며 간직하고 더 버리면서

바람 불어와 보리밭처럼 마음 일렁이면
동산으로 올라 나부끼는 것들 가라고 보내고
돌아보는 모든 흔적에서 초연하게 떠나리라

어쩌지 못하는 집착이 쉬지 않고 또 자라나
머지않아 덩굴손 내밀며 땅을 잡고 너울너울
문지방에 돌아와 다시 삶을 덮는다 하더라도

마음속의 그림 마을
— 양기훈의 제주마을 백리백경 전시회에서

햇살 눈 부신 햇살에
강렬하게 빨려드는 정적

그림자들은 소리 없이 지붕 옆으로 숨으며
길과 담장 위로 움직여 한낮의 해를 따르고

햇살을 삼키는 돌담
새로 칠하여 장미처럼 빨간 옛집 지붕

동네 늙은 삼촌은
고요를 따라가서 부재중

멈추어진 빛 속에 서 있는 마을
언제나 섬사람들 찾아가는 마음 속 풍경

신촌 남생이못

비석이 서 있다
마을 역사를 못다 기록하여 못내 아쉽다고

언제나 말과 소가 물 마실 수 있도록
마을 청년들이 옛날에 만들어 낸 못

곡괭이로 파낸 흙을 삽으로 담아
가마니와 멍석을 깐 위에 덮으며
가마니 멍석 층과 그 위에 흙 한층
온몸의 힘을 모아 형성한 불투수층
넓은 밭은 물 가득한 못으로 바뀌고

기록에 남은 이름과 새기지 못한 더 많은 이름
떠오르지 않는 시간 위에 찍힌 발자국을
더듬어도 찾을 길 없는 이름들

이 비석이 허물어지고 사람들이 영영 잊을지라도
흐르는 물가에 피어 잠시 얼굴 보이다가
이내 시들어버리는 들꽃처럼 인간사 사라질지라도

피땀 흘려 만들어 놓은 못에는 수련이 피고
제비들 목욕하고 왜가리가 오는 아늑한 쉼터
생명들이 낸 길은 길고 그 숨결 깊다

그 섬 마라도

하마 같고 코뿔소도 닮은 성산 일출봉 옆으로
검은 돌 주름진 단애를 끼고 시작되는 뱃길
바다로 나가면서 돌은 그 자리에 남겨 두고
헤엄쳐 배는 섬을 향한다

등대 옆에서 세 개의 손가락을 펴고
전송하는 풍력 발전기
출렁이는 물을 가르고 나가는
소금쟁이 같은 배가 닿은 섬

대양을 건너던 새들이 잠시 내려
빗질하는 바람에 머리 숙인 소나무와 돈나무들 아래
종종걸음 걷는 목마른 솔새 딱새 떼까치 노랑턱멧새
지빠귀들
나무 아래에 숨은 섬 고양이들의 예리한 시선
찢긴 날개와 뒹구는 새의 머리

아기업개만 섬에 남기고 돌아갔던 해녀들
옛날 죽은 자리에 돌 모아 지은 할망당

밝히는 촛불은 이어지는 죄의식과 눈물인지도
마음속 어둠은 언제쯤 밝아지나

민들레 무꽃 한껏 피어난 새봄 풀밭에
바람은 몇 세기 품은 이야기를 뿌려놓고
우거진 방풍 덤불 허리까지 올라오는 구릉을 지나
허기진 철새들의 발걸음 따라가면
등대 서 있는 길
서로 가까이 이웃하는 성당과 절

좁은 길들이 만나는 지점에 큰 나무
그 가지와 잎이 덮은 마당에 집 한 채
드러난 지붕 한 귀퉁이에 서려 있는 고요
들어서면 반가이 맞아줄 듯 정다운
바람마저 달래는 작은 집

배를 내리는 사람들 마중하던 커다란 개
유순한 표정과 반기는 몸짓을 따라가면
두고 온 세상 까마득히 멀어지고 작은 섬만 남아

깊고 길었던 그 몇 날은
꿈속으로 잠겨가며 아련히 그리움 남기고

결혼식 전날 토가족 세 여인이 부르는 노래＊

1. 어머니의 노래

딸아 시집가는 내 딸아
이 가슴이 무너지는 듯
눈물을 주체할 수 없구나
멀리 가는 내 딸아
새로 만나는 사람들의 가족이 될 딸아
그 낯설고 외로운 길에 너 홀로 보내니
다짐하자 이 자리에서
눈물은 오늘 다 흘려버리고
앞으로 너는
서러워도 힘들어도 울지 말기로

2. 결혼하는 신부의 노래

어머니
아들은 남아서 함께 살지만
딸들은 모두 어머니 품을 떠나

시집을 가며 고향집을 나가잖아요

따뜻한 사랑으로 덮어주며 키워주신 어머니
정든 집 떠나는 이 딸
오늘 마지막으로 울께요
앞으로 흘릴 눈물 남기지 않고

고달프고 슬퍼도 다시는 울지 않고
당당히 살께요

3. 신부의 여동생 노래

언니 시집가는 내 언니
오늘 눈물 함께 흘리고 앞으로는 울지 말아요
언니의 빈자리는 제가 채우고
언니가 하던 일도 제가 맡을께요
오늘은 맘껏 울어 언니 평생 흘릴 눈물 다 흘려요
다시는 우는 일 없도록

눈물보다는 독으로 삶을 이기는
우리는 토가족 여인이지요

* 장가계에 토가성을 방문하면 토가족 여인들이 결혼 전날에 부르는 노래를
  들려준다. 신부를 가운데 놓고 어머니와 여동생이 옆에 자리하여 붉게 꾸
  민 신방애서 차례로 부르는 노래. 곡조를 들으면서 가사 내용을 짐작해
  봤다. 토가족은 능란하게 뱀독을 활용하던 부족이며, 배신하고 뉘우치지
  않는 남편은 종종 부인에게 독살당했다고 한다.

나트랑 시내 저녁 씨클로

나트랑 시에서 씨클로 타는 저녁
앞쪽에 손님용 의자에 앉으면
뒤에서 자전거 페달을 밟는 운전사
꿰어진 구슬 같은 전등으로 장식한 씨클로
반딧불이 되어 반짝이며 열을 지어
혼잡한 교통 물결에 들어가 흐른다

얇은 슬리퍼 신은 맨발들
유연하고 정확하게 페달을 밟고
활짝 연 가슴은 단단한 의지로 버티는 듯
꼿꼿이 하늘로 세우는 등
크고 작은 자동차와 이륜차 물결을
등으로 허리로 벽을 지어
막으면서 옆길로 돌아
좌회전 우회전 삶의 방향을 바꾸어
헤엄치며 가는 도시의 반딧불이들

온몸으로 삶을 추적하는 그들의 꿈속에
동승하여 빛으로 날아 보는 이국의 도시
무리 지어 바퀴로 흐르는 그들의 언어는
침묵 가운데 바람의 리듬이다

4부

노인과 지나가는 것들

노을 앞에서

노을 앞에서 보상받는다
하늘 볼 틈 없었던 하루를

갑자기 퍼지는 황홀한 빛과
숨 막히는 장엄

곧 다가올 어둠이
하늘 저편에서 기다리나

돌아볼 날도 기다릴 약속도
잠시 다 미뤄두고

아픈 듯 슬픈 듯 텅 빈 채
걸음 멈추고 노을에 물들어

하늘로 들어갈 연습도
미리 한번 해 본다

시간의 끝

나도 알고 있어
우리 시간도 끝날 것임을
그래도 무궁무진 이야기는 이어가 보자
해변에 발자국도 많이 찍고
서로의 웃음도 따라가 보자
그곳 향해 가는 동안
그 때까지 만이라고 해도

그냥 있을 뿐인데

봄이 가고 여름이 오고
다정한 사람들도 떠나고

나였던 아이와 학생
선생과 엄마도 멀리로 갔네

그냥 나는 있는데
왜 모두 사라지는 것일까

매미 소리 긴 여름 낮
영원 같은 햇살

삶은 한순간 풍경으로 나타나
묵언의 돌에 스며들고 마는가

사랑창고

철몰라 순진하던 시절에는
넘치게 솟아나던 용기로
사랑 창고 가득하였는데

숱한 이별에 비틀거리며
구슬프게 저무는 날 보내노라니

비어서 바닥이 드러난 사랑창고
그렁그렁 눈물로 얼룩져 있네

나를 기다리는 어둠

알고는 있어
끝없는 어둠이
대기하고 있음을
우주선 같은 그 어둠 속으로
어느 날 들어가면
한없는 시간을 헤엄치면서
나 그 어둠과 하나 될 것임을

푸른 녹

오래전 이탈리아에서 사 온 유리세공 목걸이, 노랗게
반짝이던 잠금쇠를 퍼렇게 덮은 녹, 그동안 정리 안 된
여름과 가을, 닦지 못한 땀 얼룩에서 녹이 자라났다

머릿속에 퍼져나간 실망과 의심의 순간들이 실낱같이
퍼져서 뇌세포를 점령하고 야금야금 파고들어 기억과
판단력을 먹어치우듯

건너온 세상을 푸른 녹이 덮는다

노인과 지나가는 것들

모여서 웃고 떠들다가
흩어져 돌아서서 오면
그 흔적은 어디에 남는가

불렀던 노래 이제는 들리지 않고
웃음으로 빛나던 고운 눈들도
바람에 실려서 가버리고

그래도 내일은 다시 오고
사람들 지나는 길을
해는 또 서편 하늘로 안아 가는데

그 발자국 찬찬히 살피며
노인은 그리움을 담아내고
주름으로 저장한다

이별 대비 연습

서서히 준비하고 있어야 해
반드시 닥칠 여러 가지 이별을
매번 그 센 일격에 쓰러지지 않으려면
마음에 갑옷을 차곡차곡 입혀둬야 해
태연히는 아니라도 덜 비참하고
약간은 온건하고 침착하게
이별을 맞을 수 있도록

세상 모든 현상이 일러주는 것은
지속되는 시간은 끝을 향해 가고
날마다 작별의 발걸음은 쌓여
잡으려고 할수록 관계는 멀어지면서
의미는 줄고 집착만 남는 것을
헤어져서 돌아서는 것만이 변함없는 결말
보내고 놓아주기가 쉽지 않아도
미리 하는 예습은 될 것이야
이 세상을 두고 가는 최후의 작별을
그 마지막 일격을 받아들이기 위해서

노인

노인의 집은
오래된 시간
해묵은 나무
서늘한 고적

오가는 구름과 바람이 지붕
그의 길은 사람 없는 빈 들

혼자 남은 삶이 지팡이 짚고 나서면
모두 어디로 갔는지 고향은 멀고 낯설다

흰 머리카락 따라 희미한 기억도 빠져나가고
중심 잃고 휘청거리는 몸

이름들 사라지며 아무것도 없는 빈자리
누가 구원을 말하나 어떤 조짐도 없는데

삶은 사랑을 짓밟고
일상은 희생과 착취로 이어졌다

날개 떨어진 일벌 한 마리 땅을 기어가고
검은 개미들은 사방에서 분주하다

대가

태어난 값은 죽음으로 갚고
성장의 결산은 노쇠
사랑과 즐거움 누렸다면 대가는 상실의 고통

군중 속에서 노래하며 자신을 잊고
솟구쳐 오르는 새처럼 하늘을 날던 황홀
호젓한 길도 가슴 뜨겁게 걷던 날들은 사라지고

가득한 슬픔을 감싸 안으면서
스스로 물어보는 말
사라져 버린다고 모두 무가치한가
눈 내렸던 마당에 즐거이 찍던 발자국들은
진정 다 무의미한 것이냐

시간이 드러내는 초상화

겹겹이 칠해진 유화 물감을 벗겨
밑에 바탕색을 보여주듯
시간은 지속적인 작업으로
포장했던 미소를 지우고
젊은 활기를 걷어내어
부드러운 말씨도 밀어버리면서
맨 밑에 심화된 무표정을 드러낸다

지금껏 없었던 얼굴
이제는 자신조차 누구인지 모르는
기억도 생각도 없는 낯선 사람
둔감한 얼굴 하나 나타나

언제 사랑이 있었는지
그리움과 설렘은 어디로 갔는지
촉촉한 눈길이 지나갔었는지
모두 지워져 사라지고
기억 없어 텅 빈 얼굴 남았다

삶의 여관

어제는 저쪽 동네 여관에서
아침잠을 깨어서 짐을 싸고
오늘은 이 마을 숙소에 가방을 푸니
가다가 쉬고 다시 가는 여정

끝내는 낡고 지쳐서 병이 든 몸
보수공사 받으러 입원실로 가는데
삶은 다 그런 것이라고 보여주는 듯이
꾸역꾸역 줄짓고 들어가는 사람들
질서 정연하게 이들을 삼키는 병원

노인의 비관적인 생각

삶은 약탈의 연속 그 자체
캐어서 먹고 잡아서 먹고
낚아서 먹고 팔아서 먹고
속이면서 빼앗아서 먹고
생존은 다른 생명체를 먹는 일

빠져나올 수 없는 자연의 덫에서
생명은 번식을 계속하며
먹이 사슬은 확장이 되니
살아있어도 생명은 내 것이 아니며
죽어서도 모든 생명의 연속선상에서
돌고 돌며 생명으로 다시 이어진다

멋진 드라마

다정한 목소리 웃는 얼굴로
부인은 남편에게 속삭인다
달콤한 거짓말을
그 힘으로 아름답게 지나는 날들

정직한 얼굴 신중한 말투로
남편은 아내에게 말한다
교묘하게 설계된 거짓을
덕택에 삶의 외양은 탄탄한 듯 보이고

책상 위에 청사진을 펼쳐놓은 사업가들
행간에 슬쩍 속임수를 마련해두고
능변을 발휘하여 계약을 성사시키며
성공 옆에 따라올 실패의 길도 닦아두니

아기자기하게 때로는 박력 있게
진행되어 나가는 드라마
멋지고 복잡한 문명의 삶이여

현실 과외

이상해지면서 점점 낯설어지는 세상
이해할 수 없는 웃음들
뉴스나 광고도 무슨 뜻인지
장황한 말소리만 요란하고
사람들은 이제 노래도 아닌 노래를 부르며
좋아라고 박수 치고 춤추면서 돌아가니
참여는커녕 어리둥절할밖에

사람보다 휴대폰이 본인으로 인정받고
전화해도 응답은 녹음된 말소리뿐
도처에 문들은 암호를 대라면서 막아서니

개인 과외라도 받아야 할 것인가
현실을 분석해 낱낱이 알려줄
강사나 학원은 어디에서 찾나

웃음과 눈물의 순도

언제부터인가
웃음의 순도가 낮아지는 듯
자지러지게 내장까지 뒤흔들던
웃음의 강도가 줄어들어
소리도 낮고 헛헛해진 듯

눈물도 속으로만 주루르 흐르다가
이내 숨어 무감각한 표정 되돌리고
기쁨은 자주 슬픔에 닿아서 흐려지고 말아
애잔함이 웃음 끝에 스며들면서
삶은 한 겹 더 무심함을 걸쳐서
안개 같은 아스라함을 감아가는 중

부고
― 어느 문인의 부고를 받고

느닷없이 날아온 부고
멀리에서 일렁이던 바다가
한순간 쳐들어와
세차게 때리듯

온화한 얼굴로 지내던 죽음은
뒤에 숨겼던 날카로운 검을
단 한 번에 휘두른다 치명적으로
섬광처럼 사라지는 존재

언제나 그 강한 타격
무방비 상태에서 당하고
가차 없는 공격에
얼얼하여 삶은 마비된다

사진 삭제

아름다운 꽃들이 사라진다
저장되었던 빛이 날아간다
지나간 시간을 되돌려 보낸다
그 제자리로

망각

비가 오네 오늘
어제를 모두 씻어 내리며
새 아침 창에 빗물이 흐르네

아련한 목소리인가 가볍게 다가와
부드럽게 안아서 잠시 흔들어주고
다시 사라지는 그것은

안개 뒤에 보이는 먼 숲인 듯
희미한 연초록으로 다가오다 가는 목소리
노래도 풍경도 묵은 잎처럼 떨어져

모두 기억 밖으로 나가
텅 빈 삶은 끝자락을 향하여
강물처럼 무심히 흐르네

편지

부칠 주소가 없는 편지
방울방울 솟아나는 말들을 걸어
담아놓은 봉투가 책상 한구석에서
몇 날 몇 주 몇 달
그 후 또 몇 년을 잠들고 깨면서
배달을 기다리던 편지

부칠 곳을 찾아 이 세상의 끝
하늘 속 구름 나라 어느 호수
꿈에 마을들 두루 더듬으며
글자 하나하나 모든 낱말과 구절
낱낱이 읽어줄 사람을 찾는 편지

드디어 어느 날 발견한다
이 세상과 저세상의 경계에 세워진 우편함 하나
주소 없는 편지를 배달하여
거기 들어있는 모든 사연들
정확하게 보내주는 우편함
편지 쓴 사람이 자유롭게 날아간 바로 그날
꿈의 구름이 되어서 편지는 수신이 된다

동굴 같은 밤을 지나

철사가 헤집었던 혈관
피에 물감 섞어 추적하던 지도
가슴뼈 톱질하여 세로로 쪼개놓은 후

심장을 수리하여 새길을 내니
전쟁 나서 폭격당한 마을처럼
추적과 공격에 방어도 없이
부상당한 몸은 통증 속에서
삶의 희미한 빛을 향하여
나가려고 투쟁한다

접근 불가한 거리에서 불타는 고통의 춤
고난의 날들은 곡예처럼 조심스럽고
다시 살기 위해 피를 불러 모으는
처절한 심장의 아침

제주 민요 '메꽃'에 붙여서

남편의 여자라고 찾아가 보니
갈아놓은 밭 촉촉한 흙에
갓 피어난 연분홍 메꽃같이 환하여
어찌 말리랴 돌아서서 오는데

바쁜 살림에 더하는 밭일로
밤과 낮 바스러진 이 몸을
어찌 새로 핀 꽃에 비기랴
하염없이 눈물은 흐르지만

남녀 사이 정은 쓰라림으로 끝나는 세상 이치
꽃처럼 피어났다가 시들게 마련이니
허망한 정에 초연 못 함이 한이련만

자청비도 남편 문도령을 보내면서
꽃감관 딸과 했던 약속을 지켜서
속절없는 기다림에서 구해줬으니
남녀 사이의 애증을 넘어선 듯 보이지만
오는데 늦장 부린 문도령을 심히 질책하지 않았던가

그리움에 목마른 기다림을 겪으며
여인들 남편의 공유를 용납할 때는
비상한 성숙함으로 보일지도 모르지만
그 속내를 떠들어 봤자 무슨 소용인가
길이 없어 같은 길을 걷고
다른 샘이 없어 같은 물을 먹으니
섬에 갇혀 어린 자식들에 묶여
힘을 다해 살아가려는 제주 여인들
지옥 같은 상황에서 방편을 짜내며
세상에 맞서 가는 유일한 길이었을 뿐

남자는 파도처럼

가파도에 물질하는 어떤 해녀
외로운 섬에서 이어진 작은 삶
먹을 것은 바다기 내어주고
땅은 그녀를 붙들어 집을 주고

파도를 타고 와서 그녀의 밥을 먹고
집을 나누다가 사라져간 열한 명의 남자들은
해변에 밀려온 조가비들처럼
기대에 차서 주워 보면 빈 껍질

열한 번 결혼에 남은 남자 없이
가파도 바다에서 여전히 물질하는 그 해녀
파도는 아직도 그녀에게 줄 것이 있는지
모두 사라져도 섬은 남아
그녀의 꿈은 멈추지 않는다
작은 섬과 하나가 되어서

세 남편들의 공유
— 아시아의 어느 고산족에 대한 방송을 보고

남편 둘 있는 여인이 3번 남편을 맞아
신혼기를 보내는 동안
1번 남편은 산에 가축들 돌보러 가
장가든 3번 남편의 지참한 염소들도 돌보고
2번 남편은 밭일과 집안일 아이들을 보살피니

한 달씩 역할을 바꾸며 아내와 살림을 공유하여
자식은 모두 다 그들 자식이고
무슨 질투를 하느냐고 차례대로 할일 제대로 할 뿐
집안 풍족해지고 어려움 없이 살면 되는 것이라고
욕심부릴 것이 아무것도 없다는 세 명의 남편들

일본 어머니
— 제주 시골마을 아들이 들려준 오래전 이야기

왜 우리는 어머니가 둘이냐는 아들의 물음에
길게 이어졌던 아버지의 대답
'네 어머니와 나는 일본에서 살다가 대동아전쟁이 나서
목숨 걸고 네 누이와 형을 데리고 고향으로 돌아왔다
배 타고 올 때 폭격 맞았으면 죽었겠지
고향에 정착하였으나 살기가 막막해 몇 년을 버티다가
다시 나는 일본으로 돈 벌러 갔지
네 어머니는 너희들과 고향에 남고
오사카 공장에 노무자로 일했는데
종일 노동하고 숙소 방에서 동료들과 잠들고
그런 식으로 살았지 사람이라기보다 기계에 가깝게
그러다가 아파 쓰러졌는데 보살펴 준 사람이
지금 일본 어머니이다
당시 공장 구내식당 식모였던 그 사람이 나를 살렸어
그 도움의 손길이 없었다면 나는 죽었을 거야
타국에서 노동하는 사람끼리 서로를 도왔지
그 사람도 남편이 죽어서 고향에 자식들 살리려고
홀로 일본 살이 하던 중이었어

8년 동안 일본 노동을 마치고 나는 고향으로 돌아왔지
그 사람은 일본에서 버티고.
사정을 다 이해한 네 어머니와는 형님 아우로 지내고'

정기적으로 제주로 찾아오는 일본 어머니
마중 나가던 아들은 늙은 아버지가 돌아가신 후
일본에 가서 일본 어머니의 병수발을 들었다
그러나 죽은 후에 일본 어머니의 시신은
제주 원래 시집의 문중에서 장례를 지내
본 남편의 무덤 옆에 묻혔다고

사람이란 원래 그렇다

— 외할머니

1.

언제나 그 한 마디로 우리 외할머니는 답을 했다

'누구누구가 어떻게 해서 나는 화가 나고 분하다'고

울먹이며 호소를 하면

하는 말을 차근차근 다 듣고 나서

편들면서 그 사람 욕이라도 해줄까 기대했는데

'사람이란 원래 그렇다'

돌아오는 똑같은 외할머니의 말

2.

외할머니 어릴 적 서너 살 되었던가

집에 들이닥친 사람들 세간살이 들고 나가던 때

아버지의 노름빚이 이유임을 어찌 알았겠는가

혼란 속에 아버지는 실종

아기 남동생을 업고 집을 나가는 어머니

따라가니 어린 딸에게 욕과 돌멩이를 날리며 떠나고

그렇게 떠난 어머니가 다시 온 것은

할머니와 그녀만 살던 외로운 몇 년이 지난 후

예닐곱 살이 되었을 때
어머니가 데리고 간 집에 따라가 보니
업혀 갔던 남동생은 죽어서 없고
의붓아버지와 새로 태어난 의붓동생들
아기 업개 역할로 시작된 그 집 생활

3.
집안일 농사일 모두 거들면서 도와
밤중까지 일하다가 어린 몸이
맷돌 앞에서 꾸벅꾸벅 졸면
여지없이 날아오는 어머니의 주먹질
잠시도 감시를 늦추지 않던 어머니

시골에 드문 미남 의붓아버지는
부지런히 일하며 재산을 불리고
잘한다고 착하다며 어린 의붓딸을 칭찬하여
송아지를 키워 큰 소 되면 주겠다고 약속도 했지만
소를 팔면서 그 말을 깨끗이 잊어버리고

그녀가 업어 키운 의붓자매들은
소중한 친구이며 다정한 가족
자라서 시집간 그녀와
왕래하며 늙도록 정을 나눴다

그렇게 살아온 외할머니
어질고 현명하시니 항상 위로하는 말씀이
'사람은 원래 그렇단다'

'사름은 원 경허는 거여'(사람이란 원래 그렇단다)

1.
우리 외할망은 매날 그 말만
누게 띠문에 부애나곡 억울허댕 울멍 고르민
조근조근 곳는 말 다 들어동
팬들멍 그 사람 욕이라도 해주카부댄 허민
'사름은 원 경허는 거여'
돌아오는 매한가지 말

2.
외할망 두릴 때 서너 살 나싱가
집드레 들이닥청 사롬들
세간살이 들렁 나갈 때가
아방 노름빚 따문이라는 걸 그때사 어떵 알아
두령청헌디 아방도 어서져 불곡
소나이 아시 업엉 나가멍 어멍은
돌랑 오지 말렌 돌멩이 주성 픽픽 데끼곡
울멍 어떵 못헤영 집이서 할망허곡 살암시난

그 어멍 훗날 왕 예닐곱 살엔가 돌앙 간

149

어멍 사는 집이 보난
그때 업엉간 아시는 죽엉 엇고
다슴 아방꽝 새로 난 다슴 아시들
외할망은 그 집이 아기업개로 살았주

3.
집안일 농사일 몬딱 도외멍
지쳥 밤에 ᄀ래 글당 고박고박 졸민
모진 주먹질 ᄒ시도 ᄀ만 놔드지 안헌 어멍

촌에 드문 미남 다슴아방은
부지런허영 재산도 하영 불리고
일 잘햄져 매날 추구리멍
검은 송아기 잘 키웡 쇠 되민 주켄 해동
다 크난 폴멍 새벤지롱이 경헌 말 잊어불고

경해도 할망 등에 업엉 큰 다슴 아시덜
젤 가차운 벗이고 식구라
할망 시집 가곡 늙엉도 정을 나눴주

150

경허멍 살앙 외할망 그저 어질고 원망 몰른 어른
굿는 말은 매날
'사름은 원 경허는 거여'

물외와 왕할머니

오이 같지만 더 우람한 '물외'
익기 전에 따다가 그 속 '어울'을 파서
큰할머니 드리면 반가와하면서
이가 없어도 잘 잡수니
어릴 때 자주 갖다 드리곤 했지

물외 어울조차 즐거웠던 큰할머니
평생 돈이란 구경을 못 하고
방 하나에 낡은 이불 옷도 몇 벌 없어서
요즘 말로 무소유를 살았지

젊은 날 남편 죽고 자식도 없어서
우리 할아버지가 양자로 오고
열 살 적은 우리 할머니가
큰할머니 며느리 되어서

어른이라도 혈연 없이 살아
이일 저일 필요한 손길이었을 뿐
인정해준 사람도 없이

아흔 넘도록 살면서
특별한 무엇 하나 즐거움도 별로 없어
약간의 노실을 보이는 듯하다가
스르르 불 꺼지듯 가셨지

이제 와서 생각이 나네 이상하게도
어릴 때 물외 속 갖다 드리던 큰할머니

물외와 왕할망

요새 오이 닮아도 더 큰 '물외'
익어불기 전에 타당 그 소곱에 '어울' 팡
큰할망 안내민 반가왕 허멍
니 어서도 잘 먹엉
두릴 때 자주 아져당 안내곡 했주

물외 어울 받으멍 지꺼정헌 큰할망
평생 돈 구경을 못 하고
방 하나에 헌 이불 옷도 멧 벌 어성
요새말로 무소유로 살았주 큰할망

젊엉 서방 죽엉 자식도 어성
우리 하르방이 양제로 왕
열 살 아래 우리 할망은
큰 할망 메누리 되연

어른이라도 혈연 어시 살앙
이레 저레 오몽허멍
알아준 사롬도 어시

아흔도 넘게 살멍
무싱거 배롱헌 거 배량 어선
호썰 노실허젠 허당
스르르륵 불 꺼지듯 갔주

이제 왕 생각남서 이상허게
두릴 때 물외 어울 아져당 안낸 큰할망

안개와 나무들의 마을

해묵은 나무들 사이 안개가 채우는 동네,
이제는 기억 속에만 있어 찾아갈 길이 없어진 마을
옛 얼굴과 이름들이 담긴 풍경

껍질이 약재라는 후박나무 누가 벗겨내는지
해마다 그 자리에서 상처를 입고

그 나무 옆 담장 안은 형기네 집
전처가 남기고 간 딸과 새로 얻은 아내
다시 태어난 지식들과 안채에 살고
마당 서편에는 그의 노부모 집
유난히 눈이 깊어 무섭던 그 할아버지는
매미 소리 진한 가시나무 고목 아래에서 기침을 하고
할머니는 말없이 굽은 허리로 드나들고

형기네 집 앞에는 순옥이 어머니의 오막살이
햇볕에 타도 흰 얼굴의 순옥이 어머니는
미소 잘 지으며 조용히 일하러 가고
외딸 순옥이는 고운 피부에 밝은 갈색 머리

부지런히 허벅으로 샘물을 길어 날랐다

순옥이 집 앞에는 또 하나 창국이 할머니 오막살이
부모가 육지로 가며 맡겨 놓은 창국이는
어디서 구했는지 만화책들 보면서
날마다 만화 주인공 땅꼬마를 그렸다

세 번째 오두막에는 창국이 할머니에게
오래전에 남편을 **빼앗겼던**
그래서 자식 하나 없이 홀로 된 할머니가 살아
귀뚜라미들이 까만 눈으로 올려다보는
축축하던 흙바닥 부엌과
있는 둥 마는 둥한 난간 위에 문을 열면
바로 보이는 단칸방에도 흙 내음

큰 동백나무 아래 동백나무집에는
줄줄이 이어진 딸들과 외동아들
늙은 부모는 일부러 논을 사서 벼농사 지어
귀한 쌀밥을 아들에게만 먹였다

세상 밖으로 나간 수철이의 셋째 형
동철이는 월남 전쟁 나갔다가 돌아온 날
집집마다 미국제 세숫비누를 나눠주어서
그 향긋하고 매끄러운 흰 거품에
온 동네가 넋을 잃기도

동네 가운데 길옆에 살던 살짝 모자란 내외는
4·3 사건 때 고문으로 정신이 어정쩡해졌다는데
그 초가집 마당에도 호박꽃 피고
두 아들은 깎은 머리에 벌겋게 부스럼 흉터를 달고 자
라나
서울로 가 양복 기술자 되어 부모 모셔갔다는데
어느 날 밖으로 나갔던 어머니는
길 잃어 영영 찾지 못했다는 소문

창국이는 육지 도시에서 극장의 큰 포스터를 그리고
간판일도 한다는데 소식이 없고
뒤늦게 창국이 아버지도 귀향하여

할머니보다도 먼저 돌아가고
그 할머니도 돌아가시니

이제 그들을 아는 사람들은 다 늙어 떠나고
허물어진 오두막 사라진 이름 베어진 나무
풍경도 길도 바뀌어 갈래야 갈 수 없는 마을

구름 속 어느 산엔가 호수엔가
구름숲에 옮겨 간 것 같은 안개와 나무들의 마을
모두 잊어서 이 세상에서 사라진 그 마을

강방영의 제10시집 『현실 과외』를 읽고

윤　준(배재대학교 명예교수 · 영문학)

강 선생님,

보내주신 시집 원고를 즐겁게 읽었습니다. 열 번째 시집 『현실 과외』에는 100편을 훌쩍 넘긴 시편이 실려 있군요. 아홉 번째 시집 『노을과 연금술』이 2022년 말에 발간되었으니까, 2년 만에 또 한 권의 시집으로 묶을 시편들을 써온 선생님의 열정과 부지런함에 새삼 경의를 표하지 않을 수 없습니다. 지난날과 오늘의 삶을 매 순간 되돌아보며 자신이 느끼고 생각한 바를 고유한 아름다움과 질서를 갖춘 하나의 언어적 구조물로 빚어내려고 노력하고, 그 과정에서 자신의 경험 윤곽들을 각기 다른 방식으로 선별하고 결합하고 조명하는 작업만큼 보람 있는 활동이 또 있겠습니까? 뜻깊은 활동의 산물로서 선생님의 시편들은 타성에 젖어 일상을 살아가는 저

같은 사람에게 스스로의 삶을 새롭게 돌아보는 계기를 마련해주었답니다. 이 짧은 글은 선생님의 근래의 시편들과의 반가운 만남을 통해 갖게 된 저의 소소한 느낌과 생각의 편린들의 모음입니다.

1. "되찾은 안개마을"

이 시집의 '서문'에 해당하는 「안개마을과 어머님의 마당」을 무척 흥미롭게 읽었습니다. 선생님의 어린 시절 고향 마을에 관한 회상기인 이 글 속의 상황과 인물들은 제4부의 「안개와 나무들의 마을」에서 조금 다르게 시적으로 변용되기도 하지만, 제가 보기에는 이 서문이 미국 작가 너새니얼 호손(Nathaniel Hawthorne)의 『주홍글자』의 서문인 「세관」처럼 이 시집의 세계로 들어가는 중요한 입구 역할을 해주는 듯했으니까요. "딸 하나 데리고 사는 과부"인 "순옥이 어머니" "젊은 시절" 작은 부인 "창국이 할머니"에게 밀려났다가 그 "풍파 후에" 결국 그 작은 부인과 나란히 살게 된 외로운 본부인 할머니, 마을에서 유일하게 쌀밥을 먹는 호사를 누렸던 동백나무 집 늦둥이 외아들에 관한 서두의 스토리도 그 자체로 무척 관심을 끄는 서사이지만, 제주 4·3사건과 관련된 "쉬쉬하는 안개의 이야기"는 숱한 제주도민들이 겪지 않을 수 없었던 그 비극적인 사건의 가슴 아픈 여파들을 간결한 필치로 핍진하게 그려내고 있습니다. 큰 나뭇가지를 쳐낼 수 있는 벌목도인 나대와 "소 판 돈"에 얽힌 장모와 사위에 관한 짧은 스토리도 단순한 일화로 보아 넘길 수 없는 서사적 박진감을 지니고요.

자주 "죽음이 삶을 후려치는 세상"에서 "어머님의 마당"은 분명히 어린 선생님을 비롯한 아이들에게는 "언제나 충만한 밤과 아늑한 낮"을 살 수 있게 해준 의미 있는 장소였겠지요. 어느 새벽에 들리던 상엿소리의 "슬프고 간절한 가락"이 상기시키듯, "안타까운 작별을 받아들여 보내고 돌아서는 법"을 배워야만 하는 상황에서 아이들은 그 마당에서 새잎이 돋고 꽃이 피는 걸 보고 들으면서 생명의 길을 찾아 나설 수 있었을 것이며. 아마 그래서 선생님은 자신의 시를 고향 마을 사람들과 "함께 부르는 노랫가락과 웃음소리로, 울려 퍼지는 햇살 속으로 들어서는 날"을 향해 나아가는 춤이자 노래라고 여기는 것일 테지요.

「안개마을과 어머님의 마당」을 읽으면서 저는 '장소(place)'와 '장소감(sense of place)'의 존재론적 의미를 생각하게 됩니다. 사실 한 장소는 그곳에 자리한 숱한 사물들로 이루어져 있고, 우리는 그 특정한 장소를 통해 세계를 경험합니다. 많은 철학자와 인문지리학자가 주장하듯, 인간 행위의 바탕에는 특정한 장소가 있고 인간 행위는 다시 이 장소에 고유한 특성을 부여하게 되는 것이지요. 그렇다면 우리가 인간으로 존재한다는 것은 의미 있는 장소들로 가득 찬 한 세계 속에서 살아간다는 것이고, 인간 실존의 기초이자 개인과 그가 속한 집단의 안정과 정체성의 원천인 그 장소들에서 삶을 온갖 색채와 온갖 잠재력 속에서 경험하는 것이라고까지 말할 수 있을 것 같습니다. 물론 그럴 수 있으려면 우리는 자신의 오관(五官)과 마음을 활짝 열어놓고 삶의 직접성을 경험하는 훈련을 해야겠지요. 선생님이 이 인상적인 서문에서 선명하게 그려내는 '안개마을'은 선생님의 개인사에서 중요한 의미를 갖고 있을 뿐만 아니라 숱한 역사적 고난을 경험한 제주도민의 실존적 여건을 압축적으로 담고 있기도 한, 현실적이면서 동시에 상징적인 터전으로서의 원형적 '장소'가 아니겠습니까?

2. "마음에서 뽑아내는 실"

선생님 자신의 시와 시작 행위에 관한 시편들은 이전 시집들에서도 종종 발견되지만, '호수'라는 표제가 붙은 제1부에서 「안개마을과 어머님의 마당」과 관련해 유난히 눈에 띄는군요. 「나의 시는」에서 선생님은 자신의 시를 어둠과 죽음의 배경 속에서도 꿋꿋하게 "자라는" 나무, 해마다 새로워지면서 강렬하게 "부서지는" 폭포, "자유로운 구름 따라" 떠다니며 "가슴 가득 넘치게" 안기는 "하늘 물결"에 빗대면서 늘 그런 성장과 쇄신의 가능성과 강렬함과 자유로움과 충만함을 보여주기를 바라고 있습니다. 또한 동시에 그 "노래"가 "영롱하면서도 투명하고" 사람들의 마음속에 따스하고 촉촉하게 스며들 수 있는, "마음에서 뽑아내는 실"이기를 열망합니다.

자신의 시가 암석이나 지층의 틈을 통해 지표면으로 솟아나는 용천수(湧泉水)처럼 "멈추지 않고 솟아 흐르고" 나날이 새로워지는 "빛"이자 "들과 바다 또는 바람 속"(「노래는 1」)의 꽃과 새이기를 바라는 선생님은 이어지는 시편에서는 상승과 하강의 모티프를 통해 "하늘로 오르는 숱한 숨결" "바다에 내리면서 대양으로 흡수되는 빗방울" "심해의 어둠 속으로 들어가 소멸되는 빛"(「노래는 2」)으로 정의합니다. 날아오르려는 열망(「바람과 꽃」)과 "땅을 박차고 떠오르는 즐거움"을 문득 느끼게 되는 "청춘의 순간"(「젊음」)이 잠시 선생님의 마음을 사로잡지만, 선생님은 유채꽃을 바라보면서 봄꽃이 결국 질 수밖에 없음을, 아니 "지기 위해서" 피어난다는 것을 깨닫습니다.

오래 이어질 길을 다시 마련하면서
꽃이 핀다 초록밭 노랗게 밝히며
지기 위해서 봄꽃은 피어난다 (「유채꽃 무리」)

이런 깨달음은 슬픔을 자아낼 수도 있지만, 나이 들어가는 현실을 담담하게 받아들이고 기억 속 "멀리 간 사람들"의 "다정함"(「벚꽃 벤치」)을 더 소중하게 여기도록 하는 것이겠지요. "복잡해지지 말자"(「혼잣말」)라는 체념 섞인 혼잣말이나, 독특한 소리와 울림으로 고유의 화음을 만들어내는 명상 주발(「싱잉볼」)의 도움을 받아 자신의 외로움과 상실의 고통을 견뎌내는 선생님으로서는 어쩌면 노년을 견디는 것이 "날마다 묵은 나를 차례로 보내고/ 다시 만날 수 없는 곳으로/ 사람들을 보내는" 것에 다름 아닐 테지요. "날도 가고 사람들도 가서/ 아무도 없는 썰물의 해안에/ 낯선 또 다른 내가 닿아서/ 홀로 밀물을 기다리게 되는 것"(「살아간다」)이란 선생님의 토로는 노년을 잘살아간다는 것은 피치 못할 상실과 외로움을 잘 견디는 것이라고 믿는 제게도 각별한 의미와 울림을 갖고 다가옵니다.

3. "이 세상에서 울다 웃으며 흘러가/ 우리는 나중에 함께 피는 꽃일지도"

'꽃다발과 달'이라는 표제의 제2부는 "중환자실에 누운 너"(「너의 부재」)를 비롯해 "톱으로 쪼개고 다시 붙인 몸들"의 "꺾인 날개들"(「새벽어둠」)을 안타깝게 바라보는 시편들로 시작됩니다. 피할 수 없는 육신의 병이 인간의 실존적 한계를 가장 뚜렷하게 보여주는 현실적 여건이 겠지만, 아끼는 가족 구성원의 병과 그로 인한 부재는 그 무엇보다도 선생님의 마음을 황량한 "빈집"으로 만들어 긴 "기다림의 길"(『입원실을 나오며』)을 혼자 걷게 만들었음을 짐작하게 됩니다.

그럼에도 불구하고 선생님은 "지친 몸 다친 마음"(『고통이 지나가면』)을 추스르면서 내리는 빗방울, 멀구슬나무와 먼나무와 저녁 무렵의 이호 바다에서 "한 가닥 위안의 가락"(『봄비』)을 듣습니다. "차례로 다가올 계절들은 바다 밑에서 자라는 중"(『이호 바다의 저녁』)이라는 시적 진술은 날씨의 변화에 따라 나눈, 한 해의 임의적 단위인 계절을 성장이 가능한 하나의 유기체로 바라보려는 선생님의 마음의 편향을 잘 보여주는 듯합니다. "새로오는 하루 또 하루는/ 먼 지평에서 하나씩 움터서/ 차례로 피어나는 꽃"(『아직 오지 않은 날들은』)이라는 비유에서도 불가피한 고통이나 이별이나 죽음에도 불구하고 "아직 남은 날들"에서 희망을 찾고 "새날을 기다리는" 선생님의 긍정적 신념과 태도가 선명하게 느껴집니다. "환희의 별은 절망 위로 뜨고/ 죽어가는 것들의 애가로/ 사랑의 토양은 비옥해진다"라는 「달빛 속에 갈대」의 인상적인 결미는 바로 그런 긍정적 인생관의 강렬한 표현이 아닐 수 없지요.

「하늘로 날리는 노래」에 바다직박구리의 노래는 선생님의 긍정적 인생관과 시적 열망을 압축적으로 예시하는 듯합니다. 사실 저는 동네에서 직박구리는 숱하게 보아왔지만, 바다직박구리는 본 적이 없어서 온라인상에

서 그 새의 형상이며 색깔을 찾아보았답니다. 참새목 솔
딱새과에 속한다는 이 새는 선생님이 시에서 밝혔듯 머
리와 등이 파란색이고 허리와 아래 가슴과 배 아래 쪽은
붉은색이더군요. 바다직박구리의 "작은 몸"이 "전하는
활기"가 "초록 물결"을 일으키면서 "노래를 잃어버린 사
람들을 깨우고" "절망도 녹여/ 물처럼 흘러들어 마음을
살린다"라는 선생님의 믿음은 제1부에서의 몇몇 시편들
─「노래는 1」「노래는 2」「나의 시」─에 드러난, 선생님이
열망하는 '노래'의 성격과 연관되어 흥미로웠답니다.

　이 시편과 함께 제 관심을 끈 것은 바로 다음에 나오
는, 조천읍 선흘리에 자리한 연못을 그린 「먼물깍」이었
습니다. 제주 4·3사건 당시 선흘리 주민들이 겪은 것으
로 알려진 끔찍한 비극을 상징하는 '불카분낭', 돌이 많
아 울퉁불퉁한 지형으로 나무와 덩굴들과 양치류 등이
빽빽하게 우거진 숲 지대인 '곶자왈', 곶자왈에서 흘러내
린 물이 고여 연못을 이룬 '먼물깍'은 어쩌면 자연사와
인간사가 맞닿아 있거나 포개져 있음을 극적으로 보여
주는 역사의 현장이 아니겠습니까? 군경 토벌대에 의해
초토화되었음에도 불구하고 끈질기게 살아남은 다양한
생물종들이 치열하게 경쟁하면서 공생하고 있는 이 연
못이야말로 선생님을 비롯한 제주 사람들에게는 생명공
동체의 참모습을 보여주는 '장소'라는 생각이 듭니다.

4. "생명들이 낸 길"

'귀곡잔도'라는 표제가 붙은 제3부의 시편들에서는 '길'의 이미지나 비유가 유난히 눈에 많이 띕니다. 틀림없이 이즈음 선생님의 마음속에 선생님 자신을 포함한 뭇 생명체들이 걸어왔고 또 앞으로 걸어 나갈 길이 크게 자리 잡고 있어서겠지요. "스님의 독경 소리"에서도 "햇살 속" "길"(「그 절에 연못」)을 찾아낼 수 있는 건 바로 그런 마음의 편향 때문에 가능한 것이겠고요. "바닥이 보이지 않는 높은 낭떠러지" "옆구리"에 "구불구불 띠처럼 이어놓은" 귀곡잔도는 중국 장가계 천문산이라는 특정한 장소에 있는 실제의 길이면서 동시에 "생명이 걸어 다다른 아득한 길"(「삼양해수욕장 맨발 걷기」)의 물리적 표상으로 여겨졌습니다.

물론 선생님은 각 생명체가 만들어내는 고유한 길이 "보이는 듯 보이지 않고" 따라서 우리 인간들에게는 쉬이 "들어갈 수 없는 세상"(「경계」)임을 절감합니다. 건물로 잘못 들어가 "돌아갈 길"을 찾지 못하는 비둘기의 공포를 묘사한 「경계에서」는 지상의 각 생명체에게 고유한 길과 장소가 있음을 보여주는 구체적 사례입니다. 이 시편들을 읽으면서 저는 보다 추상적이고 차별화되지 않은 '공간(space)'이 우리가 그곳을 더 잘 알게 되고 또 가치를 부여하게 됨에 따라 안전과 안정성으로 특징지어지는 친밀한 '장소(place)'로 바뀐다는 점을 지적한 한 인문지리학자의 책을 떠올릴 수 있었습니다. 마감 시간보다 늦게 도착해 "소리쳐도 꿈쩍 않는/ 육중한 문"(「마감」)을 그린 시편 또한 엄중한 현실의 벽에 가로막힌 한 생명체의 좌절과 고통을 부각합니다. 그래서인지 바로 이어지는 시편 「묘지에 목소리」에는 이 세상에서 고통받는 중생이 외쳐대는 소리에 귀 기울여주고 왕생의 길로 제도한다는 관세음보살이 등장하는군요.

「따라비오름 가는 길에 배롱나무」도 이런 맥락에서 읽을 때 한층 의미가 풍성해지는 것 같습니다. 서귀포시 표선면 가시리에 자리한 따라비오름 길에 "비틀리고 갈라진 몸으로" 홀로 선 배롱나무를 제주 사람들은 '나홀로 나무'로 부른다면서요? 한여름 내내 꽃을 피우고 가을로 접어든 지금까지 꽃을 달고 있는 배롱나무는 제가 개인적으로 무척 좋아하는 나무랍니다. 대부분의 배롱나무가 조금씩은 구불구불하게 서 있지만, 연꽃이 없어서 대신 부처님께 공양했다는 전설에서 '부처꽃'이라는 이름이 붙었던 이 소박한 꽃을 달고 있는 이 나무가 그래서 부처꽃과에 속해 있으려니 저는 짐작하고 있답니다. "죽으라고 가지를 찢고 뿌리를 짓이겨도 나는 끝내 살아남은 배롱나무랍니다"라는 이 시에서의 독백은 지금은 관광지의 한 "구경거리"에 지나지 않는 듯하지만 "처절하던 섬의 역사"와 "고단한 길"을 꿋꿋이 감내해온 한 나무가 표상하는, 선생님을 비롯한 제주 사람들의 강인한 정신과 의지를 절절하게 전달합니다. 그 오랜 고난과 시련의 세월 동안 그들은 "우는 줄도 모르게 우는 마음"으로 "속 깊은 곳"(『가을 오는 저녁』)의 울음을 울어왔던 것 아니겠습니까? 그런 모진 고통을 겪었던 섬에서 터 잡고 살아왔기에 중국 소수민족인 토가족 여인이 결혼 전날 밤에 부르는 노래가 새삼스레 선생님의 심금을 울리지 않았을까 생각해봅니다.

5. "나를 기다리는 어둠"

'노인과 지나가는 것들'이란 표제의 제4부에서는 지나간 날들을 돌이켜보면서 사랑하는 것들과의 이별과 다가올 죽음을 연습하는 선생님의 모습을 읽을 수 있었습니다. 선생님과 비슷하게 저 자신도 노년의 삶이라 "푸른 녹"에 덮인 "건너온 세상"(『푸른 녹』)이 그저 "한순간 풍경"(『그냥 있을 뿐인데』)에 지나지 않는다는, 또 앞으로 맞게 될 시간이 그리 길지는 않다는 선생님의 자각에 공감하지 않을 수 없었습니다. 병원에 입원하러 가는 길에 갖게 된 삶에 대한 소회를 담고 있는 「삶의 여관」을 읽으면서는 제 머릿속에 『루바이야트』에서 오마르 하이얌(Omar Khayyam)이 현세의 삶을 잠시 머물고는 곧 떠나야 하는 임시 숙소인 '카라반세라이'라는 여관에 빗댄 4행시가 떠오르기도 했습니다. 제4부 첫머리에 실린 「노을 앞에서」에서는 선생님이 이전 시집의 표제작인 「노을과 연금술」에서 경탄해 마지않았던, "진부하던 삶"을 "마법"처럼 "금빛 환희"로 바꾸어주는 연금술사로서의 노을이 아니라 "아픈 듯 슬픈 듯 텅 빈 채/ 걸음 멈추고" "하늘로 들어갈 연습"을 하게 만드는 자연 현상으로서의 노을에 더 초점이 맞춰져 있어서 가슴 한구석이 시렸습니다.

그렇지만 선생님은, 여러 시편을 통해 알 수 있듯, "끝없는 어둠"(「나를 기다리는 어둠」)이 대기하고 있고 "여러 가지 이별"(「이별 대비 연습」)이 반드시 닥칠 거라는 엄연한 사실을 받아들일 준비를 늘 하면서도, 선생님에게 주어진 현재의 삶을 긍정하면서 지나온 삶이 "진정 무의미한 것이냐"(「대가」)라고 끊임없이 항변합니다. 어쩌면 "텅빈 얼굴"과 "무표정"과 "둔감한 얼굴"(「시간이 드러내는 초상화」)만을 남기는 시간의 파괴력 앞에서 인간은 무력할 수밖에 없지만, 그런데도 오늘도 부지런히 시를 쓰는 선생님의 활동은 상실과 노쇠와 죽음으로 점철된 인간의 삶에서 가치와 의미를 찾고자 하는 끈질긴 의지와 노력의 산물 아니겠어요?

선생님이 제주 전통 신화에서 농경의 기원과 연관된 '자청비(自請妃)'란 여성을 예로 들면서 "지옥 같은 상황에서 방편을 짜내며/ 세상에 맞서가는 유일한 길"(「제주 민요 '메꽃'에 부쳐」)임을 역설하는 것도 어쩌면 바로 그런 의지와 노력이 선생님에게 더없이 소중하게 여겨졌기 때문이겠지요. 「일본 어머니」에서의 파란만장하고 곡절

많은 삶의 이야기도 제게는 고통스러운 현실을 있는 그대로 받아들여 꿋꿋하게 견디는 이들의 삶의 가치를 긍정하려는 의도에서 제시된 것이라는 생각이 듭니다. 선생님이 기나긴 세월 동안 인생의 간난신고를 모두 경험한 외할머니의 삶의 지혜—"사람이란 원래 그렇단다"—를 시집 끝부분에, 그것도 제주도 방언으로도 함께 제시하고 있는 것도 그런 점에서 인상적이었습니다. 문자문화에 익숙해진 우리의 의식에 제주도 방언을 통해 한층 호소력 있게 전달되는 목소리는 주변의 다른 이웃들과의 상호작용에 크게 의존하며 함께 어우러져 살던 한 공동체를 떠올릴 수 있게 해주었습니다. 「안개와 나무들의 마을」도 서문인 「안개마을과 어머님의 마당」에서 매력적으로 환기된 한 오래된 공동체의 삶의 속살을 흘낏 들여다보게 해준 작품이었구요.

선생님의 시집 원고를 읽으면서 전반적으로 늙어감과 죽음에 관한 사색을 많이 접할 수 있었습니다. 삶과 육체적 존재의 종말로서의 죽음에 대한 두려움은 자신의 유한성을 절감하는 우리가 모두 느낄 수밖에 없는 것이고, 죽음의 최종성만큼 압도적인 무게로 우리를 짓누르는 것은 없겠지요. 그렇지만 늘 기억을 통해 지나간 시절의 의미 있는 순간들을 떠올리고 오늘을 충실하게 살아가면서 앞으로 닥칠 사랑하는 것들과의 이별을 준비하는 선생님의 모습을 많은 시편에서 확인할 수 있었던 것은 제게는 작지 않은 위안을 가져다준 귀한 경험이었답니다. 비록 "죽음은 한 방에서 다른 방으로 건너가는 것에 지나지 않는다"라는 예이츠(Yeats)의 확신을 제가 쉬이 가질 수는 없을 테지만, 이 시집의 시편들은 노년의 삶을 살아가는 제게는 삶의 "혼란에 맞서는 순간적인 버팀목"(프로스트)이 되어줄 수 있겠다는 생각이 듭니다. 앞으로도 삶과 죽음과 이 세계에 대한 선생님의 시적 사색이 한층 더 깊고 풍성해지기를 기원하면서 두서없는 짧은 글을 마칩니다.

황금알 시인선